放神慶丁
彭文陽淘

천미신교
낙양지부

천마신교 낙양지부 14

정보석 新무협 판타지 소설

초판 1쇄 찍은 날 § 2018년 6월 8일
초판 1쇄 펴낸 날 § 2018년 6월 15일

지은이 § 정보석
펴낸이 § 서경석

편집책임 § 이선근

펴낸곳 § 도서출판 청어람
등록번호 § 제387-1999-000006호
등록일자 § 1999. 5. 31
어람번호 § 제2-2748호

주소 § 경기도 부천시 부일로 483번길 40 서경B/D 3F (우) 14640
전화 § 032-656-4452 팩스 § 032-656-4453
http://www.chungeoram.com
E-mail § chungeorambook@daum.net

ISBN 979-11-316-91757-8 04810
ISBN 979-11-316-91369-3 (세트)

14

천미신교
낙양지부

정보석 新무협 판타지 소설

FANTASTIC ORIENTAL HEROES

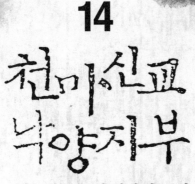

도서출판 청어람

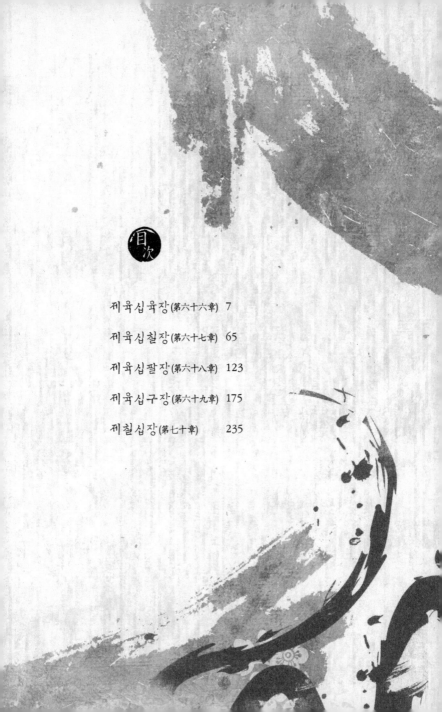

目次

제육십육장(第六十六章)

"크아아악!"

"크악!"

피월려의 몸은 온통 붉었다. 옷을 입은 채 피로 목욕을 하고 나왔다 해도 믿을 수 있을 정도로, 그의 전신에는 선혈이 낭자했다. 그러나 그의 움직임은 전과 변함없이 빠르고 정확했으며 날카로웠다. 한번 휘두른 검에 팔이 잘렸고, 목이 떨어져 나갔다. 전설에서나 나올 법한 혈귀(血鬼)가 따로 없다.

맨살을 반 이상 드러낸 채 바위 위에 걸터앉은 주팔진은 피월려의 검술을 감상하며 한마디를 툭 내뱉었다.

"눈을 감고 있군요."

주팔진이 곱게 잘라준 나뭇가지에, 작고 둥근 금침(金針)으로 깨알 같은 글씨를 정성스럽게 파내던 제갈미가 힐끗 피월려를 보았다. 주팔진의 독백처럼, 그는 눈을 완전히 감고 있었다. 팽팽한 긴장감을 잃지 않으려고 노력하던 원설도 한마디 했다.

"자기의 시야를 가리는 게 무슨 소용이 있다고 저러는지 모르겠지만. 저들을 모두 홀로 능히 상대하는 것을 보니, 전보다 더욱 강력해진 건 확실하다."

"육신의 눈을 감고 시야를 차단한 채 검을 다루는 검술의 경지를 뭐라 하는 줄 압니까?"

"검술에는 조예가 없다. 관심도 없고."

관심도 없다는데 주팔진은 잘난 척을 그만두지 않았다.

"심어검(心御劍)이라 합니다. 줄여서 심검이라고도 하고요."

잘난 척은 관두라고 딱 잘라 말하려던 원설은 순간 말을 삼킬 수밖에 없었다. 아무리 그녀가 검에 관심이 없다 하나 심검을 모르진 않았기 때문이다.

"그건 전설의 경지인데?"

"뭐, 검강 다음의 경지라고 말하는 사람도 있고. 그저 어검술의 일종이라고 말하는 사람도 있고. 그러나 그 누구도 부정할 수 없는 명백한 사실은 중원에서 찾아보기 극도로 어려운 검술이라는 것이지요."

원설은 피월려를 좀 더 집중해서 보았다. 지금까지 그들의 존재를 알아채는 사람들이 없었으니 조금 주변의 경계를 늦춰도 되겠다는 생각을 했기 때문이다.

피월려는 확실히 눈을 감고 있었다. 그러나 죽어나가는 건 눈을 버젓이 뜨고 있는 종남파의 고수뿐이었다.

원설이 조심스레 물었다.

"혹 깨달음으로 인해서 천마에 이르신 거라 생각하나?"

주팔진은 고개를 저었다.

"천마급이었다면 검강을 뿌려 일검에 모두 사살했을 겁니다. 일대주께서는 그저 굉장히 잘 싸우는 지마급이라 봐야 합니다. 지금 일대주는 검강은커녕 검기도 거의 사용하지 않습니다. 필요한 순간이 아니면 순수한 검술로 적을 상대하고 계십니다."

"언제까지 싸울지 모르니 내력을 아끼는 것이겠지."

"그래도 너무 아낍니다. 천마급이라면 검기를 뿌려도 금세 회복할 텐데 말입니다. 적들 중 절정고수에 해당하는 자들도 함부로 일대주를 상대하지 못하는 것을 보면, 단순히 지마급이라 보기도 어려운데…… 흐음, 흥미롭습니다."

원설은 확고하게 말했다.

"눈을 감은 검술이 심검이라면, 천마급이라고 봐도 된다. 단순히 검강을 쓰지 않는다 해서 천마급이 아니라는 건 성급한 판단이지."

"일이 끝나면 직접 물어보도록 합시다. 그때까지는 감상하도록 합시다. 대단히 희귀한 검술이니 배울 것이 많을 겁니다."

그들의 대화를 가만히 듣고만 있던 제갈미가 갑자기 자리에서 벌떡 일어났다. 그러고는 양손에 주먹을 쥐고는 빽 하고 소리를 질렀다.

"누군 열심히 일하고 있는데! 사내가 돼서 가만히 앉아 쌈 구경이나 하고 있어! 그리고 너! 원설? 너도 무슨 암살대에 소속되어 있다며! 근데 되도 않는 수다나 떨고 있어?"

그 큰 소리에 원설과 주팔진이 동시에 놀랐다. 원설이 주변을 빠르게 훑어보며 말했다.

"정신이 나갔나? 적들이 알아챈다."

제갈미는 코웃음쳤다.

"청각은 이미 단절됐어. 하여간 무식한 것들이란."

주팔진은 양손을 앞으로 뻗어 손바닥을 내보이며 말했다.

"기문둔갑에 대해 아는 것이 전혀 없는 저희가 어찌 소저를 도와줍니까?"

"도와주지 못할 거면 조용히라도 하던가. 누군 열심히 일하고 있는데 누군 노닥거리기나 하고."

그 말에 원설이 살기를 품으며 냉랭하게 말했다.

"마공은커녕 무공도 모르는 년이 주제도 모르고 설쳐? 일대 주께서 오냐오냐하니, 본 교의 최고 율법인 강자지존까지 무시해? 죽고 싶지 않으면 주제 파악이나 해."

그 말에 마기까지 느껴졌는데, 제갈미에겐 영향이 전혀 없는 듯했다. 제갈미는 거만한·표정으로 툭 내뱉었다.

"죽여봐."

"좋아."

원설이 보법을 펼치려는데, 주팔진이 한발 빨랐다. 그들의 사이를 가로막은 주팔진은 원설의 팔을 붙잡으며 말했다.

"참으시오."

원설은 기가 막힌다는 듯이 그에게 말했다.

"뉘. 너도 죽을래?"

"원 소저. 부탁하오. 참으시오."

"한낱 마조대 따위가 내 길을 막아? 잊었나 본데, 나 말존대 원이야. 마조대가 감히 말존대의 길을 막아?"

전보다 위상이 많이 떨어졌지만, 천마신교의 말존대(抹存隊)는 천마신교가 자랑하는 중원 최고의 암살 부대로, 첩보를 담당하는 마조대의 상위 조직이었다. 작금에 와서는 성음청 교주의 유화정책 때문에 자연스럽게 암살 임무가 줄어 말존대의 힘이 약해졌고, 정보를 다루는 마조대의 힘이 극도로 강해졌다. 그러나 애초에 마조대가 창설된 이유가 바로 암살 임무를 띤 말존대를 지원하기 위함이라는 사실은 변함이 없었으니, 말존대의 명령에 마조대가 복종하는 것이 원칙적으로는 옳았다.

주팔진이 차분히 설명했다.

"분명 소저는 말존대원이며 나는 마조대원이오. 그러나 지금 우리간의 얄팍하기 그지없는 상하를 따지는 것이 과연 옳은 일이오? 지금 우린 극비 임무 수행 중에 있소. 그것도 지부장님의 명령으로. 그러니 지금 이 작은 분란 때문에 제갈 소저를 죽이는 실수를 저지르는 것도 항명에 해당하오."

"……."

"그리고 제갈 소저도 아무것도 아닌 걸로 분란을 일으키지 마시오. 두 분 다 아직 묘령도 되지 않은 여인들이라는 점을 감안해서 일대주에겐 아무 말도 하지 않겠소. 하지만 이런 소모적인 일이 다시 일어난다면 일대주께 말씀드려 두 분을 임무에서 제외시키겠소."

"……."

"우리가 처한 상황은 애들 장난이 아니오."

원설과 제갈미는 서로를 노려보았지만, 아무 말도 하지 않은 채 시선을 돌렸다. 서로 잘못했다는 것을 인정하진 않았지만, 모르진 않았기 때문이다. 그녀들은 어린아이의 치기(稚氣)가 아직 마음에 남아 있을 정도로 어렸지만, 그렇다고 거기에 완전히 휘둘릴 정도로 어리숙하진 않았다.

주팔진은 제갈미에게 다가가 물었다.

"한 가지 물어볼 것이 있소. 청각이 단절되었다고 하던데, 적이 우리 세 명의 모습을 볼 수 없는 건 혹 시각이 단절되어 그런 것이오?"

"웅."

"그럼 후각은 어떻소?"

"지금 막 끝낸 게 청각이야. 시각은 가장 먼저 끝냈고. 후각은 이제 하려고."

"흐음……. 그러면 후각이 아니라 다른 오감을 먼저 하실 수 있소?"

"할 수야 있지. 근데 왜? 어차피 미각을 단절할 필요는 없으니, 남은 건 후각 아니면 촉각인데, 촉각보다는 후각을 먼저 단절하는 게 숨는 데는 더 용이해."

"그렇기야 하지만, 후각을 아직 살려둘 필요가 있어서 그렇소."

"그니까 이유가 뭐냐니까?"

주팔진은 곤란하다는 듯 턱을 쓸었다.

"지소에서 내가 데려온 영견(靈犬)이 기억나시오?"

"아, 어."

"서안에서는 데리고 다닐 수 없어 잠시 떨어졌지만, 서안 밖으로 나오면 그 개가 나를 찾아올 수 있도록 미향을 가지고 있었소. 시일을 보면 곧 도착할 때인데, 후각을 차단하면 이곳에 찾아오지 못할까 봐 그렇소.

"그 개가 그리 필요해?"

"괜히 영견이 아니오."

"알았어. 촉각 먼저 차단하지. 그런데 그런 미향을 가지고 있으면 오히려 위험하지 않아?"

"그건 걱정하지 마시오. 세상에서 영견만이 맡을 수 있는 냄새이니."

"그래?"

제갈미는 들고 있던 나뭇가지를 땅에 버렸다. 그러고는 잠시 땅을 둘러보더니, 새로운 나뭇가지를 찾았다.

"이거 아까처럼 잘라줘."

주팔진은 고개를 끄덕이고는 나뭇가지를 잘랐다. 제갈미는 홀로 검을 놀리는 피월려를 바라보며 중얼거렸다.

"일대주는 옷에 찌든 피 때문에 이 안으로 들어오면 피 냄새를 추적하여 적이 따라 들어올 가능성이 있겠어. 그러니 후각을 차단할 때까지 버텨야 하겠는걸?"

"……."

주팔진은 잠시 생각하는 사이, 원설이 말했다.

"내가 나가겠다."

"예?"

"내가 나가서 도우면 더 버티기 쉬우니까. 기문둔갑을 다 완성하면 불러."

그렇게 말한 원설은 보법을 펼쳐 진법 밖으로 나갔다. 그 뒷모습을 보며 제갈미의 눈동자가 살짝 커졌다. 기문둔갑을 만들기 전에 나가는 방법과 들어오는 방법을 일러주긴 했지만, 단 한 번만 듣고 저렇게 쉽게 나갈 정도로 완전히 이해할 줄은 몰랐기 때문이다.

궁금증이 돋은 제갈미가 물었다.

"말존대가 어떤 곳이야?"

그녀의 질문에 주팔진이 대답했다.

"암살대라 생각하면 편합니다."

"제이대도 여성으로만 이루어져 있다더니, 천마신교에서 암공을 익힌 자들은 다 여자인가 보지?"

"거의 그렇게 되었습니다."

무심코 물은 것인데, 주팔진이 간단히 긍정하니 제갈미는 되묻지 않을 수 없었다.

"뭐? 정말? 어떻게? 천마신교 살수들이 거의 여자라고?"

주팔진이 과거를 회상했다.

"성음청 교주께서는 교주가 되기 전부터 다양한 방면으로 무공을 익히셨습니다. 특히 마공 중에서 여성에게 유리한 점을 부각시키고 다듬는 등, 여성 마인들이 익히기 좋은 무공을 많이 발전시키셨죠."

"그런데?"

"음의 속성이 남성의 몸보단 여성의 몸에 더 적합하지 않습니까? 때문에 교주님께 영향을 받은 다른 여성 마인들도 음에 중점을 두는 마공을 연구하기 시작했고, 그중 가장 큰 과실을 얻은 곳이 바로 암공이었습니다. 그렇게 발전된 마공을 기반으로 성장한 여성 마인들은 남성 마인들이 따라올 수 없는 수준의 암공을 지니게 되었고, 작금에 와서 마조대나 말존대 같이 암공을 필수로 하는 곳에서는 신입 대원의 남녀 성비가 이 대 팔까지 벌어졌습니다. 성음청 교주님의 유화정책이 성공하게 된 가장 큰 이유 중 하나는 암공에 뛰어난 젊은 여성 마인들의 절대적인 충성심과 그녀들의 능력으로 얻게 된 정보력 때문입니다."

"자존심 센 남자들의 체면이 꽤 구겨졌겠는데."

"오히려 남성 마인들도 긍정적인 반응이었습니다. 전에는 어쩔 수 없이 마인들 속에서 차출하여 전문적인 살수를 길렀는데, 마인 대부분은 별로 좋아하지 않았습니다. 마공은 본래 패도적인 것이고 본부의 마인들은 대부분 거친 패공을 본신 내력으로 삼으려 하기 때문이지요. 그러니 그런 부분들을 여성 마인들이 대신 채워주니, 남자들도 불만이 없었습니다. 다만, 본래 암공을 익히고 있었던 기존 살수들은 별로 좋아하지 않았습니다."

"왜? 단순히 젊은 여자들이 자리를 대신해서? 오히려 자기 세력이 강해지니 좋잖아?"

"아까도 말씀드렸다시피, 성음청 교주님은 유화정책을 펼치십니다. 본래 말존대도 암살을 주로 했고, 마조대도 말존대를 지원하는 정도만 했을 뿐입니다. 그런데 유화정책으로 암살의 숫자가 극도로 적어지고, 정보 임무만 늘다 보니 살수들의 입지가 줄어들게 된 것입니다. 원 소저가 말존대에 있다 낙양지부 제이대에 편입된 것만 봐도 알지 않습니까?"

"아하. 한마디로 말하면 말존대원들이 일이 없구나, 요새."

"없지요. 특히나 금룡 암살에 실패하고 나서는 그 일을 설욕할 기회조차 얻지 못하고 있으니."

제갈미는 나뭇가지를 들었다. 후 하고 불면서 깎은 곳의 먼지를 치우면서도, 눈으로는 원설을 좇았다. 원설은 피월려의 뒤에서 간간히 비도를 날리며 피월려의 검로를 쉽게 만들어주고 있었다.

"그런데, 저 애는 좀 특이해."

혼잣말 같은 제갈미의 말에 주팔진이 물었다.

"무엇이 말입니까?"

"그냥……. 이상하잖아? 말존대에 묘한 자존심이 있는 게.

네 말을 들으면 말존대 기존 세력이 교주의 정책과 마찰이 있다는 건데, 따지고 보면 쟤는 오히려 교주의 사람 아니야? 교주의 업적으로 암공을 깊이 익히게 된 젊은 여자 고수 쪽이니까. 그런데 왜 말존대원의 자존심을 강하게 표출하는 거지? 마치 말존대 기존 세력의 입장처럼 말이야."

"그, 그거야……. 흐음. 과연."

주팔진은 눈을 몇 번 깜박이다 이내 침음을 흘리고야 말았다. 인간의 이해관계와 정치적인 부분에 있어서 놓치는 것이 없다고 스스로 자부하는 그도 한 부분을 간파하지 못한 것이다. 그는 마음속으로 제갈미에 대한 평가를 더욱 높이며 그녀를 힐끗 보았는데, 제갈미의 얼굴에는 작은 웃음이 그려져 있었다.

"왜? 내가 감탄스러워?"

"……"

"괜히 명봉인 줄 아나."

"인정하겠습니다. 대단한 지혜이십니다. 제가 한 설명을 지금 막 듣고 바로 그런 점을 찾아내시다니."

"그래서 이유가 뭐라고 생각해?"

"이제 막 든 생각이라 이유까지는 잘 모르겠습니다."

"거짓말 마. 알잖아."

"……"

"말해봐. 뭐야? 궁금하게."

주팔진은 하는 수 없다는 듯이 천천히 고백했다.

"원설이란 이름은 흔한 이름입니다. 기본적인 예의를 잘 모르는 말투과 행동을 보면 아마 고아 출신이겠지요. 그런 여아는 마공을 익힐 기회가 없습니다."

"왜? 전문적인 살수를 육성하기 위해 발탁되었을 수도 있잖아?"

"어릴 때부터 체계적으로 가르치는 교육 방법은 백도처럼 흔들 수 없는 위계질서가 잡혀 있고 사람 수가 한정적일 때 효과적입니다. 본 교는 십만대산을 중심으로 광동, 광서, 운남, 귀주, 호남, 강서, 복건까지 십만교도가 지탱하는 거대 조직. 유아를 모아 특수교육을 따로 할 것 없이, 실력이 검증된 강자들을 모아 마단을 주고 마인으로 만들면 그만입니다. 자질이 뛰어난 유아를 위한 특수교육은 천마오가처럼 일부 가문에서만 행해지는 것뿐입니다."

"그래서 성도 없는 고아 출신의 원설은 마공을 익힐 수도 없었을 거다?"

"원 소저는 아마 단순한 시녀로 들어왔을 겁니다. 그런데 그런 어린 시녀가 스물이 되기도 전에 말존대에 입대할 정도의 고수가 된다? 이건 가문의 도움이 없다면 불가능합니다. 가문이 아니라면 후원자라도 있어야 하지요. 그래서 그녀의 상전이 누구였을지 생각했습니다. 바로 답이 나오더군요."

"그래서 누군데? 빨리 말해봐."

"박소을 지부장님이 아니면 누구겠습니까? 전에 박소을 지부장님의 전속이었다 들었습니다만."

"그거랑 말존대랑 무슨 상관인데?"

"제가 말하고자 하는 건, 원 소저가 말존대의 기존 세력과 어떤 연이 있었기 때문에, 그들의 입장을 취하게 된 것이 아니라는 겁니다. 그 이전에 교주에게 반감을 가지고 있었기 때문에, 같은 반감을 가진 말존대의 기존 세력과 동질감을 느꼈다는 것이죠."

"그리고 그녀가 교주에게 반감을 가진 건, 박소을 지부장이 교주에게 반감을 가지고 있으니까 그런 거다?"

"추측은 그러합니다."

"이야, 굉장하네. 너도 꽤 똑똑해."

"이래 봬도 이 머리로 지금까지 살아남은 겁니다."

"그래…… 그렇게 똑똑한 머리로, 내게 이런 얘기를 다 해주는 이유는 뭔데?"

주팔진은 의미를 알 수 없는 미소를 지으며 말했다.

"제갈 대원께서는 현명하시니 일대주를 더 좋은 길로 인도하실 줄 믿습니다."

"오호? 나까지 회유하는 거야?"

"그렇습니다."

"흥미로워. 정말로. 힘이 제일이라는 마교잖아? 근데 속을 까보니, 제갈세가랑 다를 것도 없네."

"이곳도 인간이 사는 곳이니까요."

"그렇지. 마인에도 인(人)이 있으니. 하여간 다음에 회유하려거든 날 제갈 대원이라 부르는 실수를 저지르지 않길 바랄게. 상당히 거슬려."

"명심하겠습니다. 제갈 소저."

그 말을 끝으로, 제갈미와 주팔진은 서로 다른 생각에 빠져들었다. 제갈미는 기문둔갑을 만들었고, 주팔진은 피월려의 싸움을 지켜봤지만, 그 둘의 머릿속에는 각자 본인만의 깊은 생각이 맴돌고 있었다.

얼마나 지났을까, 주팔진이 짤막하게 감상평을 내놓았다.

"일대주께서는 대단하신 분입니다. 힘에서도, 머리에서도, 한 사람이 둘 다 가지긴 힘든 법이죠. 한편으로는 부러우면서, 한편으로는 질투도 납니다."

제갈미가 피식 웃었다. 그녀의 웃음은 공감에서 나오는 웃음이었다.

"나도 똑같이 생각해. 많은 사람이 아마 그걸 느낄 거야. 그런데 웃기는 건 정작 본인은 몰라."

"그게 일대주의 매력 아닙니까?"

제갈미가 나뭇가지를 어느 한곳에 곧게 세우더니 손을 탁탁 털었다.

"웅. 매력이지. 자, 이제 촉각도 단절시켰어. 이젠 후각을 해야 할 텐데. 그 개는 언제 오는 거야?"

"곧 올 겁니다. 하지만 너무 늦으면 일대주와 원 소저가 너무 힘들어질 것 같습니다. 지금 보니 저쪽의 절정고수들만 다섯이 넘어 보입니다. 저들이 세속에 찌든 종남파가 아니었다면, 완벽한 합격진에 진작 승부가 났을 겁니다. 서둘러야겠습니다."

"그럼 그냥 후각도 단절한다."

"예. 어쩔 수 없지요."

제갈미는 다시 나뭇가지를 찾아 후각을 단절하는 기문둔갑을 짜기 시작했다. 주팔진은 초조한 마음이 들어, 끊임없이 주위를 살폈는데, 그가 기다리는 영견은 나타날 기미조차 보이지 않았다.

머지않아, 제갈미가 기문둔갑을 완성하자 주팔진에게 급히 말했다.

"됐어. 더 늦기 전에 어서 나가서 불러들여."

이젠 불가피하다.

주팔진은 좋지 못한 표정으로 몸을 일으킨 뒤, 제갈미에게 물었다.

"출방(出方)을 다시 확인하겠습니다. 십이순(十二順)은 사오자묘축인진미유술신해(巳午子卯丑寅辰未酉戌申亥). 십순(十順)은 을병갑무기정신임경계(乙丙甲戊己丁辛壬庚癸). 팔순(八順)은 건손감태간곤리진(乾巽坎兌艮坤離震). 육순(六順)은 고미유활심평(高迷幽闊深平) 사순(四順)은 건리곤감(乾離坤坎). 이순(二順)은 양음(陽陰). 맞습니까?"

"정확해."

"살다 살다 십이순까지 포함한 방진(方陣)은 처음입니다."

"뭘 이런 걸로 놀래. 시간이 별로 없어서 순서를 잘 꼬지도 못했는데. 제대로만 하면 이것보다 억 배는 더 어렵게 만들 수 있지. 입방(入方)은 원설이 기억할 테니 신경 쓰지 말고, 나가는 거나 잘해. 잘못하면 평생 헤맨다."

주팔진은 순서를 잊지 않기 위해서 계속해서 입으로 중얼거리면서 살포시 끄덕였다. 그는 긴장된 표정으로 밖으로 나갔고 한참을 맴돌아서 어렵사리 방진에서 탈방할 수 있었다.

"일대주!"

뒤쪽에서 주팔진의 목소리를 들은 피월려와 원설은 방진이 모두 완성되었음을 눈치챘다. 피월려는 전음으로 원설에게 말했다.

[남은 내력을 모두 쏟아 기회를 만들겠소. 그때 내 몸을 부탁하오.]

원설이 뭐라 대꾸하기도 전에, 피월려의 검에서 검은빛이 순간 일렁였다.

그리고 그 검은빛이 사방으로 쏟아지기 시작했다.

"크아악!"

"으악!"

지금까지 피월려는 검기도 제대로 뿌리지 않았다. 때문에 중장거리에 있던 종남파 고수들은 경계를 늦추고 있었는데, 갑작스러운 검기 다발에 그 허를 제대로 찔린 것이다.

사방으로 뻗은 검기에 종남파의 고수들이 허둥대자, 누군가 큰 소리로 외쳤다.

"조금만 더 견뎌라! 곧 장로님들께서 오실 것이다!"

검은빛이 약해지자, 그 목소리를 들은 종남파 고수들이 투기를 발산했다. 기어코 피월려를 붙잡아두겠다는 심산이었다. 그러나 검은빛이 모두 사라졌을 때, 그들의 눈에는 황당함만이 남게 되었다.

"어, 어디 갔지?"

"누, 누구 본 사람 없나?"

피월려와 원설의 모습은 더 이상 그들의 시야에 존재하지 않았다. 잠시 혼란에 빠진 종남파 고수들은 부랴부랴 주변을 살피면서 수색에 들어갔다. 하지만 그들은 아무런 흔적조차 찾을 수 없었다.

뒤늦게 종남파의 장로 중 한 명이 도착했다. 그는 바닥에 누워 있는 부상자들을 둘러보며 낮은 목소리로 말했다.

"얼마나 다쳤느냐?"

현장을 지휘하던 일대제자가 눈을 내리깔고는 조용히 속삭이듯 말했다.

"면목 없습니다."

"얼마나 다쳤느냐고 지금 묻지 않느냐."

일대제자는 기어들어 가는 목소리로 최대한 주의하며 말했다.

"열둘이 죽었고, 스물셋이 다쳤습니다. 그중 치명상을 입어 다시는 검을 들 수 없는 자가 스물입니다."

그 장로는 그 말을 듣고는 산꼭대기까지 뻗어나갈 정도의 살기를 내뿜었다. 그의 살기로 인해 생명에 위협을 느낀 수많은 산새들이 날개를 뻗어 창공을 까맣게 뒤덮었다. 종남파 고수들조차 두려움을 느끼며 미동조차 하지 못했는데, 누가 봐도 그 장로의 무공이 초절정이라는 것을 알 수 있었다.

"찾아내어라! 당장!"

"존명!"

"간악하기 그지없는 마교 놈들! 설마 서문으로 나올 줄이야. 여기선 잔꾀를 잘 썼다만, 오히려 결국 자기들을 가두는 꼴이 될 것이야. 장문인에게 연락하라. 놈들이 서안에서 나온 것이 확인되었으니, 전 제자를 동원하여 천라지망을 펼칠 것이다. 도시에서 나온 것을 후회하게 만들어주지. 씹어 먹을 놈들."

그 장로의 말이 현실이 되기까지, 채 한 시진도 걸리지 않았다.

*　　　　*　　　　*

주룩주룩. 주룩주룩.

한 방울씩 떨어지던 빗줄기가 서서히 굵어지더니, 그 두께가 보일 정도로 거세게 떨어지고 있었다. 달빛조차 먹구름에 가려 빛 한 줄기도 찾을 수 없었는데, 이에 굵은 빗줄기까지 더하니, 한 치 앞도 내다보기 어려웠다.

하지만 진법의 존재를 눈치챈 종남파 고수들이 삼삼오오 모여 곳곳에 모닥불을 피워놓았다. 빗물이 들어오지 않도록 천으로 위를 막고 기름을 부어 불길을 키웠다. 그러고는 서로의 위치를 파악해 가며 불빛이 비추는 길을 그리기 시작했는데, 진법으로 인해 완전히 엉켜 버린 방향을 하나하나 찾아내려는 것 같았다.

고갈된 내공을 모두 회복한 피월려는 상의를 붙잡고 냄새를 맡아보았다. 아직도 피 냄새가 나는 것이 강물에 옷을 담

가놔도 빠지지 않을 것 같았다. 그는 문득 나무 아래에서 나뭇가지에 글을 쓰는 제갈미에게 다가갔다.

"아직인가?"

제갈미는 작은 금침을 만지작거리며 짜증을 냈다.

"왜 하필 오늘 비가 내려서. 방진을 계속 수정해야 해. 저놈들도 완전 무식하진 않은지, 점점 거리를 좁혀오고 있어."

"비가 오는 게 그리 문제인가?"

"당연하지. 비만 안 왔어도, 여기에 방진이 있다는 것조차도 몰랐을 거야. 밖에서는 이곳 주변에만 비가 내리다가 어느 순간부터 갑자기 사라지는 것처럼 보일 테니, 공간의 뒤틀림을 눈치챈 것이지. 이래서 방진을 만들 때는 꼭 하늘을 피하는 거야. 날씨가 바뀌면 팔 할 이상 망가져 버린다고. 아, 귀찮아."

"그래도 잠은 좀 자두는 편이 좋지 않겠어?"

"그럴 여유까진 없어. 꾸준히 바꿔야……. 잠깐!"

"왜?"

제갈미는 나뭇가지에 눈을 떼고 피월려를 올려다보았다. 그녀는 피월려의 상체를 면밀히 살피더니 소리를 빽 하고 질렀다.

"뭐야!"

"무슨 일이지?"

"운기조식하지 말라니까?"

"안 했어."

"그럼 몸에 가득 찬 마기는 뭐야? 들어올 때 완전히 녹초가 돼서 들어왔잖아?"

피월려는 대수롭지 않다는 듯 말했다.

"극양혈마공은 외부의 기운을 받아들여 광기로 녹여내기 때문에, 운기조식을 안 해도 회복속도가 극히 빠르다. 만약 운기조식을 했다면 이렇게 반나절이나 걸리지 않았을 거야."

제갈미는 크게 놀랐다.

"말도 안 돼. 자연적인 회복 속도가 그 정도라고?"

"어."

"그럼 평소에는 어쩌는데?"

"억누르지."

"어떻게?"

"괜히 천음지체가 필요한 게 아니야."

"그래도 그렇지. 그게 자연적인 속도면, 하루도 안 돼서 가득 차 포화 상태가 될 텐데?"

"심공으로 억누르면 어떻게든 삼 일까진 살 수 있어."

"그 이후에는?"

"몸이 터져 죽지."

"……"

"극양혈마공을 익힌 대가지."

피월려의 목소리는 나긋했지만, 영특한 제갈미가 그의 속뜻을 간파하지 못할 리 없었다. 그녀는 자기의 옷깃을 넌지시 잡으며 경계 어린 눈초리로 피월려를 보았다.

"너, 용무가 뭐야?"

피월려는 민망함에 머리를 긁적였다.

"네가 안 자기에 걱정돼서."

"그거 말고."

"적들의 동태를 보려고."

"그거 말고."

"네가 뭐 하는지 궁금했고."

"그거 말고."

"비는 언제까지 내리나, 하늘 좀 보고 싶기도 했고."

"그거 말고."

"……."

"빨리 말해."

"뭘 바라는 건데?"

"진실."

"……."

"뭐야?"

피월려는 한숨을 내쉬고는 내려놓듯 말했다.

"자자."

제갈미는 나뭇가지를 피월려의 얼굴에 집어던졌다. 피월려
는 충분히 피할 수 있었지만 그냥 맞아주는 게 예의인 것 같
아, 가만히 맞아주었다.

퍽!

주륵주륵 내리는 빗줄기 소리가 유난히 크게 들렸다.

제갈미가 나지막하게 말했다.

"이거 강간이야."

"엄연히 동의를 구하고⋯⋯."

"닥쳐. 지금 상황에 너 없으면 우린 다 죽어. 알지?"

"⋯⋯."

"따라서 난 네 요구를 들어주지 않을 수 없어. 왜? 안 들어
주면 죽으니까. 자! 강간이랑 뭐가 다른지 설명해 봐."

"후⋯⋯. 그래, 맞다. 강간."

"그치?"

"어."

"개새끼."

"이건 극양혈마공의 불균형으로 인해 불가피한⋯⋯."

"닥쳐."

"⋯⋯."

제갈미는 심호흡을 몇 번 한 뒤에, 물었다.

"다른 수단은 없는 거야?"

"있어. 그러나 임시방편일 뿐."

"뭔데?"

피월려는 처음 지부를 나설 때, 혈적현에게 받은 단환을 꺼냈다.

"음기를 집약한 단환이지. 이걸 먹으면 버틸 순 있다. 하지만 해결은 안 되지."

"즉, 다시 못 싸운다는 말이네?"

"그렇지."

"처음에 그거 안 꺼낸 건 뭐야? 내가 순순히 부탁을 들어줄 줄 알았어?"

그녀의 앙칼진 목소리에 피월려는 하늘을 올려다보고 다시 땅을 보았다. 그렇게 하기를 네 번, 그가 입을 열었을 땐 어조가 꽤나 낮아졌다.

"너 처음 강가에선 네가 먼저……."

제갈미가 그 말을 가로챘다.

"그 말 할 줄 알았어. 이래서 사내 새끼들은 다 개자식이고 다 쓰레기야."

"……"

"그래 너랑 잤다. 그래서? 네놈이 자자고 할 땐 내가 무조건 자줘야 되냐? 내가 자자고 했을 땐 네가 잠자코 들어줬으니까? 내가 무슨 발정 난 암고양이야? 너! 진설린한테는 아무 감정도 안 들어?"

피월려는 눈을 찌푸렸다. 그의 입가의 근육이 파르르 떨렸고, 눈동자는 끊임없이 흔들렸다. 그는 낮은 어조로 씹어 내뱉듯 말하며 몸을 돌렸다.

"됐다."

피월려의 등을 본 제갈미는 화가 머리끝까지 나 도저히 가만있을 수 없었다. 그녀는 흙이 패일 정도로 거친 걸음을 뚜벅뚜벅 걷더니 피월려의 앞에 섰다. 그러고는 그를 멈춰 세웠다.

"왜? 왜 그냥 가? 여기서 그냥 가는 게 네놈 성격이 아닐 텐데? 왜? 논리적으로 설명해 봐. 나랑 자지 않으면 어쩔 수 없다. 우리 다 죽는다. 그렇게 설득해 보라고."

피월려는 진설누와의 일이 기억났다. 확실히 그는 지금과 비슷한 상황에서 제갈미의 말대로 행동했었다. 논리적으로 그녀를 설득했고, 결국 잠자리를 가졌다.

피월려는 쓴웃음을 짓더니 제갈미에게 말했다.

"내가 어떤 종류의 인간인지 모조리 다 파악했나 보군, 제갈미."

"머리로는 날 따라올 인간이 없지."

"그래. 그러니 그냥 가는 거다."

"무슨 말이지?"

"머리로는 누구도 널 따라갈 수 없으니, 지금 상황에 네가 나와 자야 한다는 걸 모르진 않을 터. 내가 굳이 귀찮게 설명하지 않아도, 넌 알아서 올 테니까. 넌 그런 여자니까."

"……."

"네가 남을 볼 때는 그 사람도 너를 본다. 네가 나를 파악하기 위해 나를 보는 동안, 나도 너를 파악하기 위해서 너를 보았다. 그랬더니, 네가 어떤 여잔지 좀 알겠더군."

"칫."

"마음의 준비가 되면, 말해라. 그 정도는 기다려 줄 수 있……."

제갈미가 피월려를 덮쳤다. 그녀는 찢듯이 피월려의 옷을 벗겼다.

쿵.

제갈미에 의해서 바닥에 눕게 된 피월려는 보았다.

빗속에서 어렴풋이 보이는 그녀의 눈빛은 너무나도 맑게 빛나고 있었다.

이런 여인의 눈빛을 어디서 보았더라?

예화?

진설린?

서린지?

혹설?

주하?

진설누?

이명?

모르겠다.

*　　　　　*　　　　　*

피월려는 손가락 하나 까딱할 힘이 없었다. 그저 몸을 대자
로 뻗고, 하늘을 바라보며 온몸의 신경이 간질거리는 음양합
일의 여운을 느끼는 것밖에 할 수 있는 것이 없었다. 그의 육
체는 한 줌의 내공도 없는 텅 빈 항아리 같았다. 제갈미의 육
체가 양기를 갈망하는 수준은 황궁제일미보다 더하면 더했
지, 덜하지는 않았기 때문이다.

그에 반해 제갈미는 오히려 당장에라도 날아오를 듯 기운이
넘쳤다. 그녀는 즉시 일어나 나뭇가지에 기문둔갑을 새기기
시작했는데, 그녀의 움직임에는 활기가 가득했다.

내리는 빗줄기는 전보단 약해졌지만 아직까지도 해가 떠오
르지 않아 여전히 어두웠다. 차가운 빗물에 뜨거운 몸을 식히
던 피월려는 제갈미를 물끄러미 바라보며 말했다.

"살쪘네."

제갈미가 대답했다.

"지소에서 먹은 음식들이 전부 몸의 일부분이 되었어."

"설마."

"진짜야. 이 년 전부터인가? 한 번도 측간을 가본 적이 없지."

"어떻게 그게 가능하지?"

"음양의 불균형으로 내 몸의 장기는 대부분 기능을 상실했어. 그래서 뼈와 장기 겉에 직접 금실로 기문둔갑을 새겨 넣어 기능을 대신했지. 그렇게 기문둔갑으로 대신하게 된 육신이 구 할이 넘으니까, 음식이 필요가 없더라고."

"……."

"그런데 음양이 균형을 찾으니까, 몸에 생기가 돌아오면서 장기들이 다시 살아나기 시작했어. 그게 살이 찐 이유지. 그래도 아직 어린아이보다 덜 나가지만."

피월려는 그녀가 왜 기문둔갑의 대가가 되었는지 알 수 있을 것 같았다. 범인은 절대 따라올 수 없는 천음지체의 오성과 생명을 연장시키겠다는 강렬한 동기가 합쳐지니, 그 누구도 따라올 수 없는 수준에 이르는 건 어찌 보면 당연한 결과인 것이다. 피월려는 숨을 후 하고 내뱉으며 중얼거렸다.

"생각보다 훨씬 빨리 결정을 내려서 놀랐다. 상당히 귀찮아질 거라 예상했는데. 그래서 좀 더 생각해 보니 답이 나오더군. 넌 이걸 애초에 각오한 거라는 거."

"내가 강가에서 말해줬잖아."

"그랬지."

"정상 체중으로 돌아가고 천음지체의 미모도 다 되찾을 때까진 부탁해."

"그 이후에는 필요 없다 이건가?"

"아주 가끔씩 들를게. 아무리 기문둔갑으로 양기를 붙잡아둔다고 해도, 시간이 지나면 조금씩 새어나가는 건 어쩔 수 없으니까."

"참나. 내가 무슨 기둥서방도 아니고."

"그럼 지금 양기가 터져 죽던가. 내가 여기서 밖으로 도망가면 어차피 나 못 잡잖아."

"못 잡지."

"그럼 조용히 내 말에 따라."

"어련하시겠어."

그녀는 기지개를 켰다. 그러고는 기문둔갑이 새겨진 나뭇가지들을 한 묶음 들고는 이리저리 돌아다니며 땅에 꼿꼿이 박았다. 마지막 나뭇가지를 박은 그녀는 손을 탁탁 털더니 피월려에게 중얼거렸다.

"이제 운기조식해도 돼."

"정말인가?"

"어차피 오 할 이상 침범 당했어. 저쪽에도 꽤 괜찮은 실력자가 있는 것 같아. 그냥 감인데, 제갈 가문의 사람이 있는 것 같네. 하여간 앞으로 반나절이면 뚫릴 거야."

"그러면 더더욱 운기조식을 하면 안 되지 않나?"

"아니. 괜찮대도. 어차피 반나절이면 뚫릴 방진이라면 안에서 운기조식으로 대기의 기운을 훔쳐가도 변하는 거 없어. 영향을 미치는 건 하루 뒤부터니까."

"애초에 시간을 끄는 걸 포기한 건가?"

제갈미는 손가락으로 하늘을 가리켰다.

"다음번 해가 올라오잖아."

"그래서?"

"방진에선 오늘 해와 다음 해가 다른 태양으로 취급돼. 거기에 맞춰서 또 방진을 바꿔야 돼. 그런데 그 와중에 비가 그치면? 그러면 또 거기에 맞춰서 바꿔야 하고. 그렇게 고쳐대는 동안, 계속해서 방진은 뚫릴 텐데 고쳐서 뭐 해."

"그럼 꼼짝없이 갇힌 건가? 큭큭. 기문둔갑으로는 중원에서 두 번째라며?"

피월려의 웃음소리에 제갈미의 아미가 꿈틀거렸다.

"하늘! 하늘이 있잖아! 바보! 멍충이! 별빛만 읽을 줄 알아도 방향이 바로바로 나오는데 뭐 어떡하라는 거야. 네가 검을 휘두를 때마다 그 검로를 훤히 다 보는 상대랑 싸워봐. 반나절이라도 견디면 용한 거 아니야?"

"먹구름 때문에 별빛이 안 보이는데."

"이! 이이! 말이 그렇다는 거지!"

"아. 그러시구나."

"이씨! 내가 얼마나 열심히 만드는 줄 알아! 다른 인간이라면 벌써 뚫렸어!"

"웅, 알았어."

"으으으으!"

피월려는 주먹을 쥐고 부들부들 떠는 제갈미를 내버려 두고 가부좌로 자세를 잡았다. 그러고는 운기를 시작하며 주변의 양기를 흡수하기 시작했다.

곧 대기의 기운이 무서운 기세로 피월려에게 빨려 들어가기 시작했고, 그 영향에 놀란 원설과 주팔진이 잠에서 깨어났다. 그들은 나뭇가지와 잎사귀로 만들어놓은 임시 천막 안에서 나와 피월려와 제갈미를 찾았다.

"무, 무슨 일입니까?"

주팔진의 질문에 제갈미가 피월려 쪽으로 고개를 까딱였다.

"운기하는 거야."

주팔진은 희색이 도는 표정으로 말했다.

"아, 그러면 이제 운기조식을 해도 됩니까?"

"웅. 상관없어. 태양이 달라지니까."

"예?"

"상관없다고. 운기조식이든 뭐든 해서 앞으로 있을 전투에 대비해 줘."

제갈미의 말속에 미약하게나마 섞여 나온 그녀의 걱정을 눈치챈 원설이 말했다.

"얼마나 있지?"

"반나절."

그녀의 말에 희색이 돌던 주팔진의 얼굴이 급격히 어두워졌다.

"이런. 반나절이라. 그럼 반나절이 지나면 포위 공격을 당하는 겁니까?"

"그러지 않기를 바라야지. 내가 무슨 수를 써서라도 길을 만들어낼 테니까, 몸을 최상으로 만들어 둬."

주팔진은 고개를 끄덕이곤 그도 가부좌를 펼쳤다. 원설은 제갈미를 노려보다가 이내 툭하니 한마디 했다.

"부탁하지."

"……."

그녀 또한 운기조식에 들어갔다.

세 명 다 무아지경에 돌입한 것을 확인한 제갈미는 깊은 한숨을 쉬며 하늘 위를 보았다.

그녀의 간절한 마음이 눈빛에서 아른거렸다.

그렇게 시간이 흐르고, 제갈미가 말한 시간이 다가오고 있었다. 태양이 하늘 위로 점점 높게 떠오르며 곧 가장 높은 곳에 떠오르는 정오가 되자, 제갈미가 불안한지 손톱을 물어뜯었다.

"역시……. 제갈가의 사람이 있어."

극양혈마공을 한껏 끌어 올리고 전투에 대비하던 피월려가 그녀에게 물었다.

"왜?"

제갈미는 사방을 수시로 살피며 설명했다.

"정오가 되는 순간에 방진이 엄청난 속도로 파괴되고 있어. 이는 태양이 극점에 달해 하늘의 기운이 가장 충만해질 때를 노린 거야. 그걸 완벽하게 다룰 수 있는 수준의 기문둔갑은 제갈가의 사람이 아니면 불가능해."

"흐음. 제갈세가도 이 일에 참여한 건가? 그럼 계획을 수정해야 하지 않아?"

제갈미는 눈살을 찌푸렸다.

"지금은 너무 늦었어. 그대로 하자. 곧바로 들이닥칠 거야. 조심해."

그녀의 말이 끝나기 무섭게, 피월려는 한 사내와 눈이 마주쳤다. 방진의 영향으로 밖에서는 안을 볼 수 없기 때문에, 피

월려와 눈을 마주쳤다는 말은 그가 눈에 보인다는 뜻이며 이
는 이미 방진의 효력보다 더 안쪽에 침투했다는 말이다.

피월려는 즉시 검을 뽑아, 그에게 달려들었다.

챙! 챙!

극양혈마공을 극한으로 몰아 검을 휘두르는데, 그 사내는
매우 침착하게 그 검세를 받아내고 있었다. 중년으로 보이는
그 남자의 얼굴에 난 수많은 상처가 그 중년이 지금까지 무림
에서 걸어왔던 가시밭길을 잘 대변해 주고 있었다. 단 두 번의
검격이었지만, 피월려는 그 사내가 절정고수라는 것을 파악할
수 있었다.

피월려는 양손으로 검을 잡고 거칠게 검을 휘둘렀다. 그러
자 그 사내는 보법을 뒤로 펼치며 거리를 벌렸다. 기를 쓰고
검을 휘두르는 상대의 검을 굳이 받아줄 필요가 없었기 때문
이다. 하지만 함정은 거기에 있었다.

"어엇?"

그 남자는 어리둥절한 표정으로 멀뚱멀뚱 서 있었다. 자기
도 모르게 방진이 다시 영향을 미치는 구역으로 넘어갔기 때
문이다. 피월려는 따라가서 그를 끝장내고 싶었지만, 그랬다간
자기도 그 영향 속에 길을 잃어버릴 것이기 때문에, 더는 쫓지
않고 안으로 돌아왔다.

쐐애액!

주팔진이 날린 나뭇가지가 피월려 대신 그 사내에게 쇄도했다. 방향의 갈피를 잡지 못하던 그 사내는 갑작스레 나타난 나뭇가지에 놀라 반사적으로 몸을 돌렸다. 다행히 치명적인 부분은 면할 수 있었지만, 그의 어깻죽지에 파고든 나뭇가지는 그로 하여금 검을 놓치게 만들었다.

그때, 피월려의 시야에 총 세 명의 사내가 제갈미에게 달려드는 것이 보였다. 그는 금강부동신법을 펼쳐 그 세 명의 사내의 목을 한 칼에 노렸는데, 실력이 그리 높지 않았는지, 세 명모두 피월려의 검을 막지 못했다.

"크악!"

"커억!"

"으윽!"

피월려는 원설을 돌아보며 말했다.

"제갈미를 지켜……."

그 말은 끝을 내지 못했다. 원설의 등 뒤로 한 검객이 파고드는 것이 피월려의 시야에 잡혔기 때문이다. 그는 즉시 금강부동신법을 펼쳤지만, 제 시간 내에 도착하는 것은 어불성설이었다.

쇄애액!

그때 주팔진의 팔에서 비도 하나가 빠른 속도로 날아갔다. 그리고 그 비도는 원설의 등 뒤에 파고든 검객의 머리를 향해 날았다. 그 검객은 공격할 생각을 접고 몸을 돌려 그 비도를 검으로 쳐내었다.

피월려는 그 틈을 노려 즉시 검을 찔러 넣었다.

챙!

그 검객은 놀랍게도 비도를 막음과 동시에 피월려의 검까지도 동시에 막아내었다. 그 정도로 검로를 계산할 수 있는 수준이라면 절정에 속하는 자가 아닐 수 없었다.

"타앗!"

등 뒤의 검객의 존재를 눈치챈 원설이 역수로 비도를 잡고 그 검객의 등 뒤에 내리꽂았다. 그러나 그 검객은 돌아가는 검을 그대로 돌려 몸을 반 바퀴 회전하며 원설의 비도를 가까스로 피해냈다.

픽!

그 검객의 왼손이 원설의 복부에 들어갔다. 마치 늪에 빠진 것처럼 천천히 스며드는 것 같았다. 원설의 표정에는 낭패함이 떠올랐고, 그녀의 손에서 비도가 미끄러졌다. 이를 본 피월려는 극양혈마공을 폭주시켜 그 검객의 머리를 발로 찼는데, 그 검객은 검을 쥔 오른손으로 머리를 감싸 쥐었다.

우드득!

오른 팔뚝의 뼈를 부러뜨린 느낌이 확실히 났다. 때문에 피월려는 다음 공격으로 그 검객을 끝장낼 생각에 기를 모았다.

그런데 그 사내는 빠른 속도로 부유하듯 뒤로 물러나는 것이 아닌가? 그는 그대로 진법의 영향 속으로 들어갔다. 어떤 신묘한 신법도 흉내 낼 수 없는 가속이었다.

피월려는 그를 깨끗이 포기하고는 원설을 돌아보았다. 그녀의 표정에는 당연히 있어야 할 고통이 없었고, 성난 억울함만이 남아 있었다.

"왼손에 힘이 없었습니다. 적의 기만에 손에서 비도를 놓치다니……."

타오르는 분노가 그녀의 눈빛에서 보였다. 피월려는 검을 고쳐 잡으며 말했다.

"구파일방 중 하나인 종남파의 고수들이오. 저 정도는 기본이겠지."

"……"

"그런데 종남파의 신법이 저리 신묘할 줄은 몰랐군."

어떤 시체에 박힌 비도를 뽑던 주팔진이 말했다.

"신법이 아니었습니다. 그저 자기 팔을 내주는 대가로 일대주의 공격에 담긴 힘을 그대로 이어받아 뒤로 뛴 것뿐입니다."

피월려는 이제야 이해했다.

"아, 그랬군."

주팔진은 고개를 갸웃했다.

"평소라면 일대주께서 그런 사실을 놓치지 않으실 텐데 말입니다. 원 소저를 걱정하시는 마음은 잘 알겠지만, 판단이 흐려지시면 안 됩니다. 여긴 전장입니다."

피월려는 그 말을 인정하지 않을 수 없었다. 그가 원설을 걱정하지 않았더라면, 그 정도는 자동적으로 알았을 것이다.

"그 말이 맞소."

원설이 물었다.

"심공에 깨달음을 얻으신 것 아닙니까?"

피월려는 짧게 대답했다.

"때문에 안 쓰게 되는 점이 있소."

"예?"

"그냥 기계가 되는 기분이오. 그건."

"……."

"하지만 필요하다면 써야지. 그건 확실히 내 불찰이오. 미안하오."

제갈미는 주저앉은 채, 얼굴에 묻은 피를 닦아내며 소리쳤다.

"사과까지 할 여유가 있으면 나 좀 등에 업어줘! 차라리 그게 낫겠어!"

주팔진이 밝은 표정으로 물었다.

"방진의 수정을 다 끝낸 겁니까?"

"수정은 옛날에 다 끝났어. 시간이 필요한 거지. 이제 반각만 흐르면 돼."

"바, 반각……."

너무 길다.

피월려는 굳은 표정으로 제갈미에게 다가와 그녀를 등 뒤에 업었다. 그러고는 외투를 이용해 그녀를 단단히 등 뒤에 고정시켰다.

"내가 앞서서 싸울 테니. 내 뒤에 잘 붙어. 반각이면 어떻게든 버틸……."

피월려는 말을 끝낼 수 없었다. 그의 앞에서 튀어나온 세 명의 무사가 동시에 검기를 그에게 쏘아 보냈기 때문이다.

피월려는 심기를 다지고 눈을 감았다.

빛이 사라지고 검은 세상이 펼쳐지자, 곧 이면의 세계가 모습을 드러냈다.

세 검기의 속도와 방향, 그 속에 담긴 의지까지도 잡혔다.

피월려는 한 걸음 앞으로 내디뎠다.

그것뿐이다.

세 검기는 종이 한 장 차이로 그의 몸을 피해 뒤로 날아갔다.

신묘한 움직임.

세 명의 종남파 고수도, 주팔진과 원설도 그 자리에 굳은 듯 서버렸다.

도저히 이해할 수 없는 것을 보자, 순간 뇌가 모두 굳은 것이다.

그 고요한 가운데, 피월려는 땅에서 솟아올라 오는 기운이 그 세 고수의 발을 통해 끊임없이 조화를 이루는 것을 보았다. 그리고 그 조화가 일렁이는 가운데 작은 변화가 생겼다는 것을 눈치챘다.

공격한다.

찰나 전, 피월려는 옆으로 움직였다.

찰나 후, 그 세 고수는 각각 검기를 쏘았다.

세 검기는 이미 그가 떠난 자리에 비와 함께 쏟아졌다.

"……."

"……."

"……."

"……."

"……."

"……."

"……."

칠 인의 침묵.

공격이 시작되기 전에 피했다?

이게 무슨 상황이란 말인가?

가장 먼저 말을 꺼낸 건 가운데 선 종남파 고수였다.

"후퇴해라."

"사형!"

"착각했다. 낙성혈신마는 단순한 심검(心劍)의 고수가 아니다. 이미 심검의 극을 이룬 마인! 완전한 심검이라면… 우리에겐 그것에 대항할 수단이 전무하다."

"와, 완전한 신검!"

"심공의 수련이 부족한 우리는 장문인께 도움이 될 수 없다. 오히려 우리의 마음이 읽혀 장로님의 수까지도 노출되는 걸림돌이 될 것이다. 뒤로 물러나라."

두 종남파 고수는 침을 꼴깍 삼키며 피월려를 보았다. 그리고는 그 말을 꺼낸 고수와 함께 뒤로 물러났다.

원설과 주팔진도 충격에서 벗어나지 못했는지, 그 세 고수들이 천천히 뒤로 물러나는 동안 공격할 생각을 못했다. 주팔진은 벌려진 입속에 고여 버린 빗물을 퉤하고 뱉은 후, 피월려에게 물었다.

"어찌 그런 예상……."

피월려가 갑자기 자세를 바꾸었다.

다리를 벌려 허리의 높이를 낮추고, 검을 검집에 다시 넣고 당장에라도 발검할 듯 손을 대고 있었다. 어떤 기운도 느껴지지 않았지만, 주팔진은 혹시나 하는 마음에 뒤로 물러났다. 그리고 그 판단은 그의 목숨을 살렸다.

쿵! 쿠쿠쿵!

처음에는 벼락인 줄 알았다. 하지만 번개의 신이 의도적으로 피월려를 죽일 생각을 가지고 있지 않는 한, 그가 있는 곳에만 벼락이 칠 리 없다. 확률적으로도 불가능에 현저히 가깝다.

쿠쿠쿵! 쿠쿵!

주팔진은 눈을 모으고 자세히 보았다. 그러자 그 벼락의 모습이 검의 형상을 닮아 있다는 것을 눈치챌 수 있었다.

하늘에서 떨어지는 검강!

벼락같은 소리를 내며 벼락처럼 빛나는 검강!

종남파가 자랑하는 태을분광검공(太乙分光劍功)이다.

벼락이 한번 떨어질 때마다, 피월려의 몸은 땅 위를 부유했다. 마치 거친 폭풍우를 만난 뱃사람이 작은 뗏목의 돛대를 다루며 벼락을 피하는 묘기를 부리는 것 같았다.

그 와중에도 피월려는 검집에서 손을 떼지 않았다.

곧 벼락이 그치고 한 사내가 모습을 드러냈다.

그는 종남파의 장문인, 태을노군이었다.

"태을(太乙)이란 하늘과 땅이 합친 그 근본을 말하는 것. 이를 잇는 분광(分光)이란 벼락을 말함이다. 이를 검의 형상으로 내비치는 것이 바로 태을분광검! 비가 오는 날, 종남의 검을 맞상대하는 것이 얼마나 큰 어리석음인지 깨닫게 해주마!"

피월려는 그 목소리에 눈을 떴다.

"장문인이 직접 왔소?"

태을노군은 큰소리로 대답했다.

"종남파는 다른 구파일방과 다르다! 본좌가 뒷짐 지고 방구석에 박혀 있으리라 생각했다면 큰 오산이니라. 본 파에선 나 외에 그 누구도 개입하지 않을 것이다."

"그래서 지금까지 총공격을 하지 않고 붙잡아만 둔 것이군. 좋소. 나도 일대일로 상대하겠소. 그런데 그런 남자가 다짜고짜 기습을 하다니, 말과 행동이 꽤 다른 것 같소만."

태을노군은 호탕하게 웃었다.

"크하하! 다 보여주며 공격했거늘 어찌 그걸 기습이라 하느냐? 네가 진정으로 심검의 극을 이룬 자인지 알아보기 위해서 시험을 한 것뿐이었다. 본좌가 진심으로 분광검강(分光劍罡)을 뿜어냈다면 이미 네놈은 잿더미가 되었을 것이다, 낙성혈신마!"

"변명 하나는 기가 막히게 잘하시오, 태을노군."

"흥! 본좌가 왜 주저리주저리 말을 하고 있다고 생각하느냐? 일대일이다! 내 이름을 걸고 보장하겠다!"

"좋소. 태을노군의 이름을 믿고 등을 보이겠으니, 추잡한 짓은 하지 않으리라 믿소."

피월려는 외투를 풀어 제갈미를 내려주었다. 그는 주팔진에게 다가가 제갈미를 보냈다.

주팔진이 심각한 표정으로 피월려에게 조용히 물었다.

"그날의 깨달음으로 천마에 이르신 겁니까?"

피월려는 고개를 저었다.

"완전하지 않소."

"천마가 아니면 초절정을 상대할 수 없습니다. 이르렀다 해도, 종남파의 장문인입니다. 본 교의 장로도, 심지어 교주님도 쉽지 않은 상대인데 어찌 일대주께서……."

피월려가 전음했다.

[어떻게든 반각만 벌겠소. 길이 완성되면, 가진 모든 비도를 쏟아 그를 공격하시오. 그 기회를 틈타 달아납시다.]

"……."

주팔진은 말하지 않았지만, 그의 눈에 강한 의구심이 비쳤다. 반각조차 버티는 것이 얼마나 어려운 일인지 잘 알기 때문이었다.

피월려는 검집에 손아귀를 대고는 태을노군의 앞에 섰다.

"내가 진다면, 저들은 그냥 보내주시오."

태을노군은 단호하게 소리쳤다.

"그럴 수 없다. 마졸을 그냥 보낼 수 없거니와, 저들을 살려준다 하면 그대가 진지하게 임하지 않을 것이다. 그러니 반대로 하지. 본좌가 진다면 종남파에서 더 이상 추격하지 않을 것이다. 그러니 젖 먹던 힘까지 모두 동원하여 본좌를 상대해야 할 것이다, 낙성혈신마."

태을노군은 본래 인성 자체가 전형적인 싸움꾼인 것 같았다.

피월려는 심호흡 뒤, 나지막하게 말했다.

"시작하겠소."

그는 눈을 감았다.

태을노군도 자세를 잡으며 크게 외쳤다.

"본좌를 조화경으로 이끌어라, 낙성혈신마!"

점점 감겨지는 피월려의 시야에 가장 마지막으로 포착된 것은, 밤의 어둠을 모두 물리칠 정도로 밝게 빛나는 태을노군의 검에서 뿜어진 번개였다.

*　　　　*　　　　*

피월려는 홀황(惚恍)에 빠져 전날을 회상했다.

정확히는 서안에 입성하기 하루 전, 이름 모를 산 중턱에 모닥불을 지펴놓고 나지오와 마공에 관해 이야기를 나누었던 저녁이었다. 나지오는 지금까지 자기 이야기만 했지, 의도적으로 무공 이야기를 피했었다. 때문에 피월려는 조금이라도 배우기 위해서 집요하게 마공에 관해 물었다. 앞으로 조화경의 고수와 이렇게 사적인 대화를 나누리라는 보장이 없었기 때문이다. 그 집요함에 나지오는 결국 자기 이야기를 포기하고 피월려의 질문에 대답을 해주기 시작했다.

정공과 마공의 차이에서부터 백도와 흑도까지. 점차 이야기가 진행되자 천마신교 내부의 이야기로까지 흘러갔다. 그러는 와중, 나지오는 피월려가 얼마나 천마신교를 모르는지 감탄이 절로 나오는 걸 막을 수 없었다.

"정말 모르는구나."

나지오의 말에 피월려가 고개를 저었다.

"본부에는 가본 적도 없소."

"그렇겠지. 지부 생활만 했으니. 본 교 마인들의 일상이 어떤 것인지는 짐작도 못 하겠군."

피월려는 턱을 괴더니 물었다.

"근본적으로, 어떻게 본 교는 강자지존으로 천 년이나 유지될 수 있었던 것이오? 매일같이 피바람이 불 텐데 말이오. 나 선배의 생각을 듣고 싶소."

나지오는 씨익 웃더니 고개를 저었다.

"역설적으로, 본 교에서는 위로 올라가면 올라갈수록 피바람은커녕 피 냄새를 맡기도 힘들어. 그래서 더 마인들이 기를 쓰고 위로 올라가려 하지. 마인들이 강해지고자 하는 이유는 단순히 권력욕에서 출발한 것이 아니다. 엄밀히 말하면 생존하고 싶다는 생존 본능이지. 위에 있으면 어느 정도 생활이 보장되니까. 때문에 본 교가 발전하지 않을 수 없는 것이고."

"그것은 이상하오. 강자지존인 만큼, 올라가면 올라갈수록 더 유지하기 어렵지 않소?"

"그런 과도기는 몇백 년도 전에 전부 끝났어. 본 교의 제도는 이미 발전할 대로 발전해서 더 이상 발전할 구석이 없을 만큼 발전했지. 그것은 다 머리가 안정적이었기 때문이야."

피월려는 나지오가 교주를 말한다고 생각했다.

"교주가 그렇게 바뀌질 않소?"

"교주는 장로에 비교하면 사실 자주 바뀌는 편이지."

"방금 머리는 안정적이라 하지 않았소?"

"교주는 심장이야. 머리가 아니라."

"그러면?"

나지오는 자기의 머리를 툭툭 치며 말했다.

"머리는 장로지. 정확히는 장로회. 실질적으로 천마신교의 살림을 책임지는 천마급 고수들. 장로는 한번 되면 거의 은퇴할 때까지 바뀌지 않는 경우가 반 이상이야. 그에 반해 교주 중에는 은퇴로 그 끝을 마감한 사람이 일 할도 되지 않지. 신물주에게 다음 자리를 내주며 강제적 은퇴를 당하는 것이 거의 대부분이야."

"어째서 그런 결과가 나오게 된 것이오?"

"지마급부터는 생사혈전의 결과가 반 이상 양패구상이라는 건 이미 알지? 천마급은 대부분이라는 것도. 한쪽의 일방적인 승리가 거의 없고, 승리한 쪽도 다시는 무공을 쓰지 못할 각오를 해야 한다는 거지."

"그렇소. 하지만 그것 때문에 호승심이 강한 마인들이 생사혈전을 기피하는 것이라고는 생각하기 어렵소. 혹 다른 이유가 있소?"

"간단해. 신물주의 존재지."

"……."

"이 세상의 모든 조직에는 머리가 있어. 그리고 그 머리가 안정적이지 못할 경우, 그 조직은 살아남기 어렵지. 네 말 그대로 강자지존이라는 제도를 가진 사회가 유지되기란 참으로 어려워. 그렇기 때문에 본 교에서는 머리로 쏠리는 모든 투쟁을 신물주라는 방패막이로 집중시켜 놓았지. 신물주의 선에서 모두 처리되도록. 그리고 그런 싸움에서 살아남는 자만이 위로 올라갈 수 있도록."

"그것은 교주를 위한 것이오. 그것과 장로들과는 무슨 상관이 있소?"

나지오는 어깨를 들썩이며 물었다.

"하나만 묻자. 교주가 위야, 장로가 위야?"

"교주요."

"그래. 교주는 혼자서 장로회 전체보다 강한 권력을 가지고 있어. 장로라고 해봤자 살림꾼밖에 되지 않는 거야. 그런데 네가 구 할이나 양패구상을 하는 생사혈전을 두려워하지 않는 천마급 마인이라고 해봐. 그러니까 그런 호승심을 가진 패기 넘치는 마인이라고. 그러면 장로를 노리겠어, 아님 교주를 노리겠어? 결정적으로 장로나 교주나 천마급이야. 현 교주인 성음청 교주께서 특이한 경우이지. 역대 교주는 전부 천마였다고. 엄밀히 무공 수위로만 말하면 같은 수준이지. 그런데 일생일대의 기회를 장로나 되자고 써먹겠어? 구 할 확률로 목숨을 잃거나 무공을 잃을 수도 있는데?"

"과연……."

"교주의 자리는 교주가 건재할지라도 호시탐탐 노리는 마인이 많아. 하지만 장로의 자리는 그렇지 않지. 굳이 생명을 걸어가며 노릴 만한 자리가 아닌 거야. 천분지 일, 아니, 만분지 일의 확률을 넘어 천마급에 이른 마인이 장로라는 자리에서 안주하겠냐고. 대부분의 마인들은 못 하지."

"그렇다고 신물주 제도로 장로가 보호받는 것이 아니잖소?"

"내 말은 신물주 제도로 인해서 교주가 되는 데 장로를 거칠 필요가 없으니 장로는 상대적으로 꽤 편안한 자리가 된다는 거야. 간접적으로 말이지. 본 교는 한 번에 착착 올라갈 필요가 없어. 그냥 세면 장땡. 능력만 있으면 그냥 몇 단계씩 뛰고 위로 올라가는 거고 거기에 아무도 뭐라 하지 않아. 그러니 귀찮은 업무를 하며 시간을 낭비해야 하는 장로라는 자리는 그리 매력적이지 않아. 차라리 자잘한 일로 명령을 수행하고 남은 시간에 무공에 정진하여 일생일대의 기회를 한 번 노려 교주가 되는 게 낫지. 실제로 젊은 천마급 고수들은 그런 경우가 허다해. 본 실력을 숨기고 말이지."

"결국 호승심의 문제이라는 것이오?"

"응. 일인자가 되기 위해 이인자를 거칠 필요가 없는데 왜 굳이 이인자가 되려 하겠어. 어차피 일 할의 도박을 하는 건 비슷한데."

"그래도 교주가 더 강하지 않소?"

"같은 천마급이야. 즉, 싸워봐야 안다고 말하는 게 더 정확해."

"그래도……"

나지오가 손가락을 들었다.

"구 할이 양패구상인 이유가 있어. 이는 백도에도 적용되는 거야. 일류까지는 싸움의 속도가 빨라, 단 한 번의 교차로 승부가 나는 경우가 허다하지. 하지만 절정고수 간의 싸움은 매우 길어져, 그리고 초절정 간의 싸움은 더하지. 그 이유를 정확히 알아?"

"서로의 허점을 파악하는 데 있어 어렵기 때문이 아니오?"

"그보다 더 근본적인 이유가 있지."

"무엇이오?"

나지오는 검을 하늘 높이 들었다. 그리고 그 검끝에 초점을 모으며 나지막하게 말했다.

"날카로워지면 날카로워질수록 더 날카로워지기 어려워."

그는 공중에서 검을 휘둘렀다.

"또한 빨라지면 빨라질수록 더 빨라지기 어려워."

그는 검으로 땅을 내려쳤다.

"궁극적으로, 강해지면 강해질수록 더 강해지기 어렵지."

"……"

"절정을 지나고 나면, 실수라는 게 거의 없지. 초절정에 이르면 실수가 일절 사라져. 내가 원하는 움직임을 몸이 따라주지 못하는 경우가 완전히 사라지지. 따라주지 못한다면 그걸 이미 머리가 알고 그런 명령을 애초에 내리지 않아. 그때 가면 몸은 그냥 움직이는 거고, 싸우는 건 두 마음이야. 서로 마음의 약점을 노리고 마음의 실수를 하지 않기 위해 열심이지. 힘의 차이? 속도의 차이? 결국 다 의미 없어. 결국 둘 다 인간의 육신을 입고 있기에, 모든 것에는 한계가 있지. 얼마나 아끼느냐의 싸움. 얼마나 참느냐의 싸움. 그리고 얼마나 대담하냐의 싸움. 마음의 싸움이야."

나지오의 말에 피월려는 아무런 말도 할 수 없었다. 무슨 말을 해야 할지 알 수 없었기 때문이다. 나지오는 침묵을 지키는 그를 보며 말을 이었다.

"초절정고수가 입신의 고수를 절대로 이기지 못하는 이유를 알려줄까?"

"무엇이오?"

"마음의 싸움에서 반드시 지게 되어 있어서 그래. 더 강해서도 더 빨라서도 더 정확해서도 아니야. 그저 마음의 절대적인 차이가 있어, 더 강해 보이고 더 빨라 보이고 더 정확해 보이는 것일 뿐. 실제로 두 고수를 앞에 두고 최대한 빠르게 검을 휘둘러보라 한 뒤 정확히 속도를 잰다면 그 차이는 거의 없을 거야. 초절정고수가 쾌검(快劍)으로 그 경지에 이렀다면 중검(重劍)을 평생 익혀 입신에 오른 고수보다 오히려 더 빠르게 검을 휘두르지."

피월려에게는 입신의 경지는 머나먼 이야기였다. 그는 좀더 그에게 현실적으로 한 단계 아래의 질문을 던졌다.

"그러면 한 단계 내려서, 지마가 천마를 이기지 못하는 결정적인 이유가 무엇이라 보오?"

나지오는 검을 내려놓았다.

"그건 훨씬 간단하지. 검강(劍罡)의 유무(有無)."

"검강……."

"천마급은 검공에 담긴 심오한 사상을 바탕으로 그 사상의 도움을 받아 검강을 펼칠 수 있지. 거기에 심후한 내공이 받쳐준다면 틀 안에서만큼은 자유자재로 검강을 펼치는 경지까지 이룩할 수 있어. 불완전하긴 해도 말이야. 하지만 지마는 그렇지 않아. 천운의 기회를 얻어 억지로 검강을 한 번 뿜어냈다 해도 심신이 모두 탈진하지. 검강을 막을 수 있는 건 같은 검강밖에 없으니 검강이란 검강은 무조건 다 피해야 하는데, 천마급 고수가 검술을 펼치지 않을 리도 없고, 결국 막을 일이 생기지. 그러면 그냥 못 피하고 죽는 거야."

"그럼 지마급 고수에겐 검강을 방어할 방도가 전혀 없소?"

"전무하다고 해도 무방해. 그냥 시작부터 검강으로 몰아붙여서 검강을 막아야 하는 상황만 만들어 버리면 끝이니까. 간단하게 생각해. 범인이 왜 무림인을 못 이기는데? 간단히 말하면 검기 때문이지. 무공을 모르는 범인에게는 검기를 막을 수단이 없잖아. 마찬가지지."

피월려는 이해했다는 듯 고개를 끄덕였다. 그러나 바로 눈살을 찌푸리며 물었다.

"그럼 이상하오. 천마급 간의 싸움은 오래 걸린다 하지 않았소? 서로 검강을 사용한다면 오히려 내력의 고갈이 심해져 빨리 끝나는 것 아니오?"

"오히려 천마급 간의 싸움에서는 검강을 거의 안 쓰지."

"왜 그렇소?"

"생각해 봐. 상대하는 입장에서는 대부분의 검강을 피해 버리고 막아야 하는 순간에만 딱딱 막으면 되잖아? 검술의 이해도가 높아서 강기충검(罡氣充劒)이라도 쓰면 내공의 손실도 없으니, 서로 간의 내력 차이가 엄청나게 나버려. 그러니 검강을 거의 못 써."

피월려는 잘 이해가 안 가는지 뭔가 불만족스러운 표정을 지었다.

"흐음……. 천마 간의 싸움이나 초절정 간의 싸움을 많이 보지 못하여 이해하기 어렵소."

나지오는 대수롭지 않게 대꾸했다.

"별거 없어. 내력을 아끼기 위해 어기충검(御氣充劒)된 검으로 간을 보다 수시로 검기를 쏘아 보내지. 그러다 기회를 잡으면 강기 싸움으로 돌입. 검강 하나둘, 혹은 강기충검으로 몇 수를 받다가, 내력의 이득을 어느 정도 보면 뒤로 빠져서 다시 시작. 이렇게 한쪽이 내력이 거의 고갈될 때까지 싸우다가 결국 최후의 한 수로 마무리가 돼. 이때 내력을 많이 남긴 쪽이 더 유리한 건 사실이지만, 그렇다고 또 그렇게 승부가 났다 단정 지을 수 없지. 내력이 고갈한 쪽이 선천지기까지 끌어쓸 테니까. 그럼 결국 상대도 끌어 써야 하고……. 결국 양패구상이 구 할이야."

"양패구상만 뺀다면 단순 비무의 형태와 많이 비슷한 것 같소."

"그 안에 섞인 심계가 얼마나 치열한데. 그렇게 설명하고 나
니 비슷하게 들리는 건 알겠지만, 직접 해보면 진짜 머리 터질
지경이라니까. 그러니 싸움 자체가 재미가 없어지지. 킥킥킥.
천마급만 되면 젊은 날에 피 터지도록 싸우던 걸 그리워한다
고."

"천마급만 될 수 있다면 그 정도는 충분히 감수할 수 있소."

"어련하시겠어. 킥킥킥."

나지오의 웃음은 한동안 계속되었다.

제육십칠장(第六十七章)

눈을 감은 피월려는 앞이 환해지는 것을 느꼈다. 태을노군의 태을강기는 너무나 밝아 그 빛이 피월려의 눈꺼풀까지 뚫었기 때문이다.

파지직!

강대하면서도 매우 빠른 속도를 가진 태을강기가 날아왔다. 그러나 정면에서 날아오는 뻔한 방향이기에 피월려는 금강부동신법으로 쉽게 피해낼 수 있었다. 그리고 그와 동시에 어기충검을 펼쳤다.

태을강기의 뒤에서 빠른 속도로 쫓아오던 태을노군이 순간

우뚝 중간에 멈춰 섰다. 그의 타오르는 두 눈동자는 뚫어버릴 듯 피월려의 검을 향해 있었다.

일그러질 대로 일그러진 그의 표정이 삽시간에 바뀌면서 광소를 뿜어내었다.

"크, 크하하하! 어기충검이라니! 역시 천마신교의 마인은 다르구나. 그 나이에 벌써 초절정 간의 싸움을 아는 것이냐?"

피월려는 긴장한 티를 절대 밖으로 내비치지 않으려 최대한 노력하면서 눈을 천천히 떴다. 그러고는 태연한 목소리를 연출했다.

"본 교에는 천마급 마인이 많소."

"심력의 소모가 극심하여 본좌도 꺼리는 것을 이제 약관을 넘은 청년이 펼치다니 참으로 감탄하지 않을 수 없구나! 본파에도 이러한 후기지수가 나와야 하는데 말이야."

지금 이 상황에 대화를 원하는가?

왜?

피월려는 즉시 이해할 수 있었다. 태을노군은 그만큼 입신에 대한 갈망이 큰 것이다. 조금이라도 입신에 드는 가능성을 발견하고 싶어 생명을 바칠 기세다.

피월려의 입장에선 대화를 꺼릴 필요가 없었다. 그의 목적은 최대한 시간을 끄는 것이므로, 태을노군의 장단에 맞춰주는 것이 그에게 크나큰 이익이었다. 입신에 들고자 하는 갈망을 잘 구슬리면 꽤나 시간을 끌 수 있을 것이다.

피월려가 짐짓 믿지 못하겠다는 듯 말했다.

"태을노군께서 심력의 소모 때문에 어기충검을 꺼려한다는 사실은 도저히 믿을 수 없소."

태을노군은 자기 손가락을 펼쳐, 지긋이 바라보며 말했다.

"본좌의 성미와 도저히 맞지 않아서 말이지. 다섯 손가락 위에 차를 가득 담은 찻잔을 올려놓고, 한 방울도 흘리지 않으며 검을 놀리는 기분이란 말이야."

어기충검 시, 심력의 소모에 대해 이보다 더 정확하게 표현한 것이 있을까?

어기충검은 검기를 검신에 붙잡아두는 것으로 내력의 소모가 없지만, 그 대신 엄청난 심력의 소모가 필수적이다. 매개체의 한계를 넘어 기를 담았으니, 바늘구멍보다 작은 출구가 생겨도 기가 빠져나가려 한다. 때문에 극도로 세밀한 기의 운용을 해야 한다.

한마디로 귀찮다.

너무 귀찮아 더 이상 귀찮다는 표현으론 부족하니 심력의 소모가 극심하다는 말로 대체하는 것이다. 다르게 말하면, 지속적으로 신경을 써야 한다는 것이다.

피월려가 말했다.

"그 대신 내력의 소모가 없다시피 하오."

"그걸 본좌가 모를까. 그러나 검기 따위라면 본좌의 심후한 내공으로 수천 개 이상 쏠 수 있다. 그런 미약한 내공을 아끼고자 그런 귀찮은 운용을 한단 말이냐?"

"약관을 이제 막 넘은 나에겐 아쉽게도 그런 심후한 내공이 없소."

"대신 마공이 있지. 그 또한 양에 관해서는 타의 추종을 불허할 텐데. 네놈이 내력을 아끼는 어기충검을 쓴다는 게 선뜻 믿기지가 않는군. 젊은 놈이 심력이 얼마나 뛰어나다고 내력과 심력을 맞바꾸느냐? 이러면 본 파에서 장로들과 비무하는 것과 다를 것이 없지 않느냐. 그런 잡기술은 어서 거두고 사나이답게 본좌와 신나게 한판 싸워보자."

"내력을 아끼는 것이 남자답지 못하오?"

"당연한 것을 왜 묻느냐! 자고로 한계까지 내력을 쏟아부으며 한바탕 크게 싸워야 그게 남자의 싸움이다. 몸이 지치고 정신이 지쳐 아득해질 때만이 발전이 있는 법! 본좌는 매일같이 하던 비무와 같은 싸움을 하기 위해 네놈과 일대일을 하려는 것이 아니다. 만약 계속 그런 식으로 나온다면 제자들을 불러 합공할 테니 그리 알아라."

"구파일방의 장문인이나 돼서, 한 입으로 두말하기요?"

"상관없다. 본좌를 한계까지 밀어붙이지 못한다면 마졸들과 상종할 이유가 없느니라."

지독한 외골수다.

피월려는 최대한 머리를 굴렸다.

"내 나이를 보시오. 마공의 도움을 받는다 한들 장문인의 심후한 내력에 절대 따라갈 수 없소. 그러니 내력을 아끼지 않을 수 없소."

"변명은 필요없느니라."

당장에라도 공격할 기세다.

"제기랄."

피월려는 하는 수 없이 극양혈마공을 극도로 끌어 올렸다. 그러자 태을노군의 얼굴에 괴팍한 미소가 지어졌다.

"크하하하! 대단하구나! 역시 천마신교의 마인이야! 좋다! 그만한 마기와 심검이 합쳐진다면 대단히 위력적이겠군. 과연 본좌가 직접 상대할 수준이다."

피월려는 눈을 감으며 검을 앞으로 뻗었다. 그런데 그의 검에 감도는 검은 기운은 사라지지 않았다. 어기충검을 그대로 유지한 것이다.

태을노군이 뭐라 한마디를 하려는데 피월려가 한발 먼저 입을 열었다.

"진정으로 입신에 오르기를 원하시오, 태을노군?"

"……"

피월려의 목소리는 낮았다. 그러나 그것 때문에 태을노군이 대답하지 않은 것이 아니다.

무정(無情)의 목소리.

그 어떠한 감정도 섞이지 않은 투명한 소리였다. 거기서 느껴지는 본능적인 공포. 지저갱에서나 올라오는 악마의 소리가 그 무색의 소리에 더러 섞여 있었다.

암흑에 대한 공포가 아니다. 살의에 대한 공포가 아니다.

그보다 더 본질적인 공포.

바로 무(無)에 대한 공포.

피월려는 무의 소리로 그에게 말했다.

"내가 보기에 태을노군께서 가장 갈고닦아야 하는 것은 마음이라 보이오. 그런데 어찌 심력을 쓰는 노력도 없이 입신에 오른단 말이오? 광활한 내력으로 그저 밀어붙이는 것이 아니라, 심력으로 몸과 기를 다스리며 나를 이겨보시오. 그러면 필히 입신의 길이 보이리라 믿소."

태을노군의 눈빛이 맑게 변했다. 전엔 광폭한 투지로 빛났다면, 지금은 청아한 호승심으로 빛났다.

"장점을 버리고 단점으로 승부하라는 것이냐? 그런 도발이 씨알이나 먹힐 것 같으냐?"

"도발이라고 해서 거짓이라는 법은 없소."

태을노군은 입을 다물었다가 나지막하게 중얼거렸다.

"확실히…… 일평생 들은 모든 도발 중 가장 매력적인 도발이군."

"어찌하시겠소. 그런 취약점을 품고도 나에게 이긴다면 입신의 길이 열리지 않겠소?"

태을노군이 하늘을 바라보았다.

"크하하! 크하하! 좋은 도발이다! 크하하! 좋다! 좋구나! 그래! 네놈의 말대로 해주마! 그럼에도 내가 이겨 보이겠다!"

태을노군의 검에서 노란빛이 새어 나오기 시작했다. 그리고 그 노란빛은 검신에서 얇게 맴돌기 시작했다.

그 뒤, 둘은 서서히 거리를 좁히기 시작했는데 태을노군의 검과 피월려의 검이 한번 훑은 공간에는 노란빛과 검은빛의 잔상이 흩뿌려졌다. 이는 단순히 검에 내력을 주입한 것이 아니라, 그 곁에 검기가 맴돌고 있는 어기충검이라는 반증이었다.

곧 그 둘의 다리가 땅에서 떨어졌다.

땅에서 서로의 발이 떨어진 시간은 정확히 동일했다.

단지 태을노군은 피월려를 향해 뛰었고, 피월려는 태을노군으로부터 떨어지며 뛰었다는 점이 다를 뿐이었다.

한껏 검을 놀리려던 태을노군은 극도로 화를 내며 피월려에게 외쳤다.

"이게 무슨 장난질이냐!"

피월려는 듣지도 못했다는 듯이 고개를 푹 숙이며 몸을 돌렸다. 그리고 그가 그렇게 숨은 곳에서 한눈에 세지도 못할 정도로 많은 양의 비도가 태을노군을 향해 날아갔다.

태을노군은 검강을 뿌려 모두 날려 버리고 싶었다. 그러나 이미 어기충검에 극도로 집중하고 있던 터라, 갑자기 검강을 뿜기 위해 검공을 펼칠 수는 없었다.

그는 어기충검을 펼친 검을 일일이 휘두르며 비도를 하나하나씩 모두 쳐내었다.

마지막 비도를 쳐냈을 때, 태을노군은 피월려의 모습을 즉시 찾았다. 그러나 그와 그의 일행의 모습은 그 어느 곳에서도 찾을 수 없었다.

"네 이놈! 감히 본좌를 속이다니! 쳐 죽일 놈!"

태을노군의 사자후는 진법 안에서 에돌기만 했다.

*   *   *

"이야 끝내주던데? 그렇게 시간을 질질 끌다니 말이야."

제갈미의 칭찬에 피월려는 차마 대답할 수 없었다. 한 발 앞에서 움직이는 주팔진의 발을 눈으로 좇으며 따라가는데, 조금이라도 실수할 경우 진법 안에서 헤매게 되니 극한으로 집중할 수밖에 없었기 때문이다.

피월려의 등 뒤에 업혀 있던 제갈미는 곧 대화에 흥미를 잃고는 주변을 보았다. 진법 안이라 안개가 가득하여 뭐가 보이는지 피월려는 알 수 없었지만, 제갈미는 확실히 뭔가 보이는 듯 초점을 여기저기 맞췄다.

"이상해……."

이번에도 무시하려 했지만, 피월려는 차마 무시할 수 없었다. 말투가 심상치 않았기 때문이다.

"뭐가?"

"방진의 기문둔갑 말이야. 새로운 출구를 만들면서 다른 출구를 봉쇄했거든. 그런데 그것조차도 뚫리고 있어."

피월려가 중얼거렸다.

"역시 계획을 바꿨어야 했군. 네가 말한 제갈가의 사람이 변수를 만든 건가?"

"그렇겠지. 생각보다 대단한데. 이 정도 실력이면……. 흐음."

"왜?"

"아니야. 나가보면 알겠지. 어차피 지금 내가 할 수 있는 건 없어."

"무슨 뜻이야?"

"함정에 걸린 거면 이미 걸린 거고 아니면 다행인 거고. 이미 끝난 상황이라고 지금은."

"밖으로 나가면 좀 쉴 수 있을 줄 알았더만."

"그러거나 아니면 종남파 제자 수백 명을 보든가. 둘 중 하나지. 뭐 운에 맡기자고."

"……."

그렇게 피월려는 겨우 앞에 보이는 주팔진의 발을 따라 움직였다.

일다경.

일각.

그리고 반 시진이 지났다.

이렇게 되자 피월려는 묻지 않을 수 없었다.

"이 방진은 도대체 어디까지 향하고 있는 거지?"

"사천 쪽으로. 방향으로 따지자면 남쪽이지. 방진 자체도 우리와 함께 바람을 타고 이동하기 때문에 그래. 정말 어려운 거라고 이건. 나조차도 힘들어."

지겨울 정도의 자화자찬이다.

"알았다. 알았으니까, 제발 잘되었으면 좋겠군."

"남자답지 못하게 투덜거리긴."

"……."

한 시진이 지나자 눈에 띄게 안개가 옅어지기 시작했다. 서서히 드러나는 환경은 숲보다는 들판에 가까웠고, 태양이 하늘 꼭대기에서 조금 내려온 시각이었다.

지금껏 멈춘 적이 없던 주팔진이 점차 속도를 줄이자, 피월려는 드디어 방진에서 탈출했다는 것을 직감할 수 있었다. 그는 다시 극양혈마공을 끌어 올리면서 혹시 모를 상황을 대비하여 임전 태세를 갖추었다.

가장 앞에서 보법을 펼쳐 길을 인도하던 원설이 보법을 멈추자, 뒤따라오던 주괄진과 피월려가 따라 멈추었다.

원설의 앞길을 막고 있던 사람은, 느린 속도로 부채를 흔들며 깔끔하게 정리한 머리의 땀을 식히는 한 청년이었다. 나이는 삼십 정도로 피월려보다 많아 보였는데, 평소 깔끔한 성격을 자랑하는지, 전장이나 다름없는 이곳에서도 순수한 백색 의복에 먼지 하나 보이지 않았다.

다만 한 가지 흠이 있다면, 중원에서 쉬이 찾기 어려운 추남(醜男)이라는 것이다. 얼굴에 눈코입이 제대로 달려 있는지 의문이 들 정도였다. 그는 그 사실을 전혀 모르는 듯, 마치 귀공자처럼 이마를 부드럽게 쓸어내리며 여유롭게 말했다.

"이런 곳에 있었구나, 소미야."

피월려는 등 뒤에서 파르르 떠는 제갈미의 진동을 느낄 수 있었다. 그녀가 그 사내를 얼마나 싫어하는지, 그 마음이 강렬하게 느껴졌다.

그러나 피월려의 등 뒤에서 얼굴을 내민 제갈미의 표정은 밝았다. 최대한 맑은 미소를 띠며 제갈미가 대답했다.

"오라버니도 건강해 보이네. 아직도 총각이야?"

그 남자, 제갈홍의 눈 끝이 작게 흔들렸다. 그러나 그는 미소를 유지했다.

"여자가 얼마나 무지한지 잘 나타내는 증거가 아니더냐. 아무리 기품 있는 지고한 신분의 여인이라 할지라도 이 오라비와는 간단한 대화조차 못할 정도로 식견이 부족하니, 오라비가 총각일 수밖에 없지 않느냐?"

피월려는 말투에서 확신했다. 이 추남이 제갈미의 친오빠라는 것을.

제갈미가 말했다.

"홍 오라버니는 매번 똑같아. 여전히 잘난척쟁이에 여전히 추남이네."

누가 누굴 보고 잘난척쟁이라고 하는지 모르겠다.

제갈홍도 같은 마음이었는지 크게 웃고 말했다.

"후후후. 소미는 여전히 장미구나. 아름답지만 가시가 있어."

제갈미는 토가 나온다는 시늉을 하며 외쳤다.

"내가 삼류 연애소설은 그만 읽으라고 했지? 그러니 그런 이상한 소리나 하지. 웃음소리는 또 뭐야? 후후후? 언제부터 그렇게 웃었다고. 조금만 웃기면 못 참고 크휄휄거리면서."

"어허. 소미야. 앞에 계신 처자께서 오해하시겠다."

그러면서 제갈홍은 한쪽 눈을 찡긋하며 원설에게 환하게

웃어 보였는데, 마치 흰 두꺼비가 하품을 하는 것 같았다. 만약 원설에게 남은 비도가 있었더라면 진작 날아갔을 것이다.

원설은 씹어 내뱉듯 말했다.

"추한 얼굴이 무거워 보이니 얼굴 가죽을 떼어주마."

제갈홍은 과장된 당황을 온몸으로 표현하며 한탄했다.

"이런, 이런. 사실 내겐 더 무거운 게 있소. 그러니 이왕 떼줄 거면 내 총각 딱지나……."

원설이 즉시 제갈홍에게 달려들었다.

비도가 없던 그녀는 육탄전으로 그를 공격했는데, 제갈홍은 한 번 공격을 당할 때마다 훌쩍훌쩍 뛰면서 큰 움직임으로 피해내었다. 한 번 피할 때마다 코를 훌쩍이거나, 가래를 모으거나 하는 괴팍한 소리를 내었는데, 그에 화가 머리끝까지 뻗친 원설이 마기를 증폭하여 공격했음에도 그의 옷자락 하나 건드리지 못했다. 아무리 그녀가 본신 무공을 펼치지 않았다 해도, 그렇게 그녀를 농락할 수 있다는 건 제갈홍의 무공도 쉬이 얕잡아볼 수 없다는 뜻이었다.

피월려가 조용히 물었다.

"절정은 되어 보이는데. 제갈가의 사람이지 않나? 제갈가에도 저런 고수가 있었나?"

제갈미는 고개를 저었다.

"보법만 절정이야. 무림인으로부터 도망은 칠 줄 알아야 한다면서 무공은 보법만 주로 익혔지. 그러더니 절정고수의 검도 피할 수 있을 정도로 날렵해졌어."

"네 방진을 따라온 것을 보면 그 와중에 기문둔갑도 소홀히 하진 않은 듯한데."

"그래도 제갈 성을 쓸 만한 머리는 있지. 참고로 어머니까지 같은 친오라비야."

"그럴 거 같았어."

"응? 왜?"

"그, 그건… 그냥 감. 하여간 한시름 놓았군. 그래도 친오라비니……"

제갈미가 말을 잘랐다.

"아니."

"……"

"무슨 수를 써서라도 날 데려가려 할걸? 곱게 내주기는커녕 다른 제갈세가의 인물보다 더 까다롭게 굴 수도 있어."

그때, 제갈홍이 품속에서 어떤 물병을 꺼냈다. 그리고 그 물병의 마개를 열고 그 속의 내용물을 원설에게 뿌렸다. 갑자기 물벼락을 맞은 원설이 머리를 마구 흔들더니, 곧 갑자기 실성한 사람처럼 주변을 두리번거리기 시작했다. 그러고는 한 치 앞도 보이지 않는 듯 더듬더듬거리며 앞으로 걷기 시작했다. 마치 맹인이라도 된 것 같았다.

"대, 대주? 대주님?"

그녀는 정말로 앞이 보이지 않는 것 같았다.

피월려는 제갈미를 등에서 내려주고는 검을 뽑아 제갈홍에게 겨누었다.

"무슨 짓을 한 것이지?"

제갈홍은 머리를 긁적이며 말했다.

"너무 적극적인 여성은 내 성미에 맞지 않아서 말이오. 어쩔 수 없이 시야를 뺏었소. 잠시일 뿐이니 너무 큰 걱정은 하지 마시오."

피월려는 검에 내력을 주입했다.

"주 대원, 원 소저를 부탁하오. 제갈미. 기문둔갑만 막아줘. 보법은 내가 알아서 처리할 테니."

주팔진이 고개를 끄덕이고는 서둘러 원설에게 다가가 그녀의 눈 상태를 점검했다. 그 와중에 제갈미는 피월려의 앞을 막아섰다.

"잠깐만. 물을 게 있어."

"……."

"잠깐이면 돼."

그녀의 애절한 눈빛은 처음 보는 것이었다. 그녀는 곧 뒤돌아서서 제갈홍을 보고는 말을 이었다.

"홍 오라버니. 어, 어머니는 어때?"

제갈홍의 눈빛에서 처음 진지함이 엿보였다.

"어떨 것 같으냐, 이 어리석은 여동생아."

"……"

"넌 정말이지 너무 큰 사고를 쳤어. 지룡님은 가주께서 가장 아끼는 아들이셨다. 지룡님을 잃은 가주님의 진노는 네 목숨이 아니면 사그라들지 않을 거다, 소미야."

"그놈이 호시탐탐 내 몸을 노리던 건 생각 안 나? 지가 무식한 걸 가지고 자격지심에 찌들어서, 내가 가진 천음지체를 빼앗는 실험을 하겠다고 가주에게 매번 요청했잖아. 날 어떻게 해볼 심산으로."

"그리고 가주께선 그때마다 불허하셨지. 그것 또한 은혜다."

"무슨 놈의 은혜. 내가 소유물이야? 응? 내가 물건이냐고?"

"그렇다."

"……"

"어머니께서 가주님의 소유물인 이상, 그 소유물에서 태어난 우리도 가주님의 소유물이다."

"지랄."

"널 데려가지 못하면 어머니가 죽는다."

제갈미의 표정이 경직되듯 굳었다.

"뭐?"

"어머니를 죽이려던 가주님을 겨우 말렸다. 내가 가서 데려

오겠다고. 내가 홀로 데려오겠다고. 그러니 널 데려가야 한다,
소미야."

"……."

"네가 살자고 어머니를 죽일 작정이냐."

"그, 그런."

제갈미는 너무 큰 충격에 빠진 듯 다리마저 후들거렸다. 곧
그녀가 무슨 말을 하려고 입을 살포시 열었는데, 그 입에서는
바람 빠지는 소리밖에 나지 않았다.

허물어지듯 제갈미가 앞으로 쓰러지고, 그녀의 뒷목을 내려
친 손날을 바라보며 피월려가 태연하게 중얼거렸다.

"잤소."

제갈홍이 미간을 모았다.

"잤다니?"

피월려가 땅에 누운 제갈미를 손가락으로 가리키며 말했
다.

"잤소. 그쪽 누이랑."

"……."

"혼인까진 아니니 형님이라 부르진 않겠소만. 뭐 잔 건 사실
이오."

"낙성혈신마. 갑자기 무슨 소리냐?"

"내가 천음지체랑 잤다, 이 말이오. 그것도 성격이 괴팍하기

짝이 없는 천음지체랑 말이오. 그런데도 이 여자는 나를 따라다니오. 이게 뭔 소린지 모르겠소?"

제갈홍은 제갈 성에 어울리는 머리가 있었다. 천재라 해도 과언이 아니다. 제갈홍은 즉시 피월려의 말이 무슨 뜻인지 유추할 수 있었다.

"설마 음양합일로 천음지체를 치료하는 건가……."

"치료하는 와중이오. 즉 당신 누이는 단명할 운명에서 벗어났소."

제갈홍의 얼굴이 크게 밝아졌다.

"저, 정말인가?"

"앞으로 장수할 것이오. 내가 그리 보장하겠소. 그러니 길을 비켜주시오."

"……."

"어머니의 목숨과 여동생의 목숨. 그 둘 중 하나를 선택하는 건 분명 어려운 결정일 것이오. 그 마음을 이해하는 건 누구라도 어렵겠지. 하지만 나 자신도 그런 극단의 결정을 많이 내려보았고, 상대에게 강요도 많이 해보았소. 그래서 나는 잘 아오. 인간이 그런 극단의 결정을 앞에 두고 얼마나 계산적으로 생각할 수 있는지 말이오."

"……."

"누이의 목숨이 어차피 별로 남지 않았으니 그런 결정을 내렸다고 믿소만 이젠 상황이 다르오. 어떻소? 노예의 삶으로 노후를 보내야 하는 어머니의 목숨을 내놓겠소? 아니면 앞으로 누릴 삶이 길어진 동생의 목숨을 내놓겠소?"

제갈홍은 허탈한 듯 미소를 지었다. 그는 자조적인 웃음을 흘리며 자리에 주저앉았다.

한참을 멍한 눈길로 제갈미를 보던 그가 이윽고 입을 열었다.

"내 누이가 단명하면 말이오. 내 기필코 당신을 찾아내겠소. 찾아내서 찢어 죽일 것이오. 그 피와 뼈를 모두 모아 내가 씹어 먹을 터이니 그리 아시오."

"걱정 마시오."

"종남파 고수들을 도운 건 나 혼자요. 방진을 뚫은 것도 나고. 내가 방진을 뒤틀어 더는 쫓지 못하게 막겠소. 그러니 편히 도망가시오."

"……"

"못난 오라비가 해줄 수 있는 것도 여기까지겠지."

피월려는 주팔진을 보았다. 주팔진은 고개를 끄덕이며 원설의 눈에 이상이 없다는 신호를 보냈다. 피월려는 다시금 제갈홍을 보았다.

피월려가 보기에 제갈홍은 상황을 이해하는 속도가 남달랐다. 대화만 놓고 보면 마치 피월려와 제갈홍이 미리 짜여진 연극이라도 하는 것 같았다. 피월려는 꽤 귀찮은 대화가 될 거라 생각했는데, 말 몇 마디에 상황을 전부 이해한 제갈흥에겐 감정적인 부분을 고려할 필요가 오히려 설득이 빨랐다.

피월려가 말했다.

"이대로 돌아갈 순 없지 않겠소. 혹 동생과 함께 지내며 그녀를 지켜보고 싶다면 천마신교에 입교를 생각해 보시오."

"생각 없소."

"언제라도 환영이오."

"평생 노예로 사나, 평생 첩자로 의심받고 사나 그게 그거요."

천마신교에 입교하면 평생 첩자로 의심받고 산다는 사실 또한 즉시 파악했다. 피월려는 더욱더 그의 지혜가 탐이 났다. 제갈미와 함께라면, 그 누구도 넘보기 어려운 책사진이 될 것이다.

"제갈세가가 중원에서 사라진다면, 첩자로 의심받을 일이 없을 거요."

"무슨?"

피월려는 기절한 제갈미를 등에 업으며 그녀를 흘겨보았다.

"내게는 제갈 소저가 반드시 그 일을 해낼 것이라는 이상한 확신이 있소."

"……."

"그럼 또 뵙겠소."

피월려는 그렇게 남쪽으로 향했다.

또 보자는 피월려의 말은 그의 생각보다 빠른 시일 내에 이 뤄졌다.

그가 예상하지 못한 방향으로······.

                    *   *   *

서안에서부터 한중, 광원, 면양, 덕양을 거쳐 성도까지의 길은 총 대략 이천 리. 무림인이 말을 타고 직선거리로 움직여도 보름 이상이 걸린다. 그런데 피월려 일행은 무공을 모르는 제갈미를 데리고 한중까지 산길로 걸었다. 한중에 도착하기까지는 관로를 이용하기에 너무 위험부담이 컸기 때문이다. 제갈홍의 교란 덕분에 추격하는 자들을 걱정할 일은 없었지만, 그래도 제갈미를 데리고 험한 산길을 걷는 일은 보통을 넘어섰다.

그나마 다행인 것은 방향을 잃어버리는 경우가 없었다. 처음 서안지소에서 주팔진과 함께 보았던 영견(靈犬)이 그들의 냄새를 쫓아온 것이다. 서안에서 빠져나온 뒤 일주일이 지날 때까지 보이지 않아, 포기하다시피 했는데 그날 저녁에 신묘하게도 일행의 위치를 정확히 찾아왔다. 이후 주팔진은 그 개와

의사소통을 하는 것처럼 소리를 주고받으면서 복잡한 산길을 뚫어냈는데, 아무리 험난한 지형이어도 사람이 걸을 수 있는 길을 꼭 찾아내었다. 괜히 영물이 아닌지, 그 개는 마치 하늘 위에서 보고 있는 것처럼 훤히 지형을 꿰뚫고 있는 듯했다.

하지만 문제는 다른 데 있었다. 조금이라도 멀어 보이는 강이나 조금이라도 높아 보이는 산이 앞에 가로막고 있으면 제갈미의 불만이 하늘을 찔렀다. 처음에는 자기 다리로 걷기라도 했는데, 시간이 지날수록 점점 피월려의 등을 빌리더니 이젠 평지와 다름없는 언덕에서도 당연하다는 듯이 피월려의 등에 업혔다.

원설의 가시 돋친 말에도 아랑곳하지 않으며 어린애처럼 칭얼거리며 수시로 업어달라고 하니, 피월려는 매번 한숨을 쉬었지만 차마 거절하진 못했다. 극음귀마공을 익히지 않은 그녀와의 음양합일은 임시방편밖에 되질 않아 더더욱 자주 필요했다. 때문에 매일 밤 그의 극양혈마공을 식혀주며 그의 생명을 연장시켜 주는 제갈미는 그의 생명줄을 틀어쥐고 있는 것과 다름없었기에, 그녀의 부탁은 부탁이 아닌 명령과도 같았다.

결국 추격을 당하는 입장이라고는 생각할 수 없는 느린 속도로 움직이게 되었고 사천의 중심인 성도(成都)에 도착하기까지는 약 한 달이 걸렸다.

사천성 성도는 중원의 서쪽 가장 끝자락에 위치한 만큼 중원의 문화와 다른 점이 서서히 피부로 느껴지는 곳이기도 했다. 그래도 대운제국의 영향 아래 있어 여전히 한족이 다수였지만, 서쪽 민족이 심심치 않게 보였고 이민족을 향한 차별도 거의 없었다. 한족이 득세하고 이민족이 차별받는 중원과는 다른 모양이었다.

 가장 처음 느껴진 이질감은 언어에서부터 시작했다. 면양과 덕양에서부터 억양이 달라지더니, 일행과는 대화조차 할 수 없는 외인들까지 보였다. 피월려가 대화를 시도하면 그들은 어눌한 발음으로 '한어(韓語)를 모른다'며 짤막하게 말할 뿐이었다.

 삼백 년 전, 환나라의 멸망 이후 오십 년간 전 중원에 전쟁이 끊이질 않았는데, 이를 혈운제 유건이 중원을 통일하여 대운제국을 건국했다. 그 이후 대운제국의 태평성대(太平聖代)가 이백오십 년 간 이어지면서, 중원에서 전쟁이 완전히 사라졌다. 자연스럽게 인구가 늘었고 서로 간의 교류가 잦아지면서 문화의 충돌로 이어졌고, 이는 언어의 통합이라는 결과를 낳게 되었다. 특히 수도에서부터 뱃길이 직결된 동쪽과 남쪽의 방언은 그 흔적을 찾아볼 수 없을 만큼 사라지고 없었다.

 그나마 뚜렷하게 남은 방언은 서쪽과 북동쪽의 방언들이었는데, 이 또한 긴 평화의 여파로 방언 간의 차이가 옅어져 서쪽에선 사천어(四川語), 북동쪽에선 몽고어(蒙古語)로 거의 통일되다시피 했다.

이 때문에 전 중원을 떠돌던 낭인 시절에도 피월려는 가급적 서쪽 지방을 피했다. 북쪽 출신인 그이기에 몽고어는 손짓 발짓 써가며 대화는 가능했었지만, 사천어는 간단한 인사말조차 몰랐기 때문이다.

성도에 들어가기 전엔 일행 중 유일하게 사천어를 구사할 줄 알던 제갈미가 대화를 주도했었는데, 막상 안에 들어가니 한어를 사용하는 한족이 굉장히 많아 속이 좀 뻥 뚫리는가 싶었다.

이제 좀 말이 통하나 싶었는데, 또 다른 문제가 생겼다. 사천당문이라는 말을 하자마자 모두 대화를 관두고 자리를 떴기 때문이다. 그에 관해서는 조금이라도 연관되기 싫은 듯, 두려운 표정을 짓고 다시는 대화를 하지 않으려 했다.

자칫 잘못하다가는 소문이 돌아 아미파나 청성파의 귀에 들어갈 수 있을 것이다. 흑도와 백도가 공존하는 사천 무림의 특성상 성도에서만큼 노골적으로 방해하진 않겠지만, 구파일방과 조금이라도 엮이는 건 최대한 피해야 한다는 건 변함없었다.

그들은 어쩔 수 없는 선택을 했다. 성도 최대의 객잔에 들어간 것이다. 중원은 방대하고, 각각의 도시 안에서도 서로 마주치기 어려울 만큼 넓다. 때문에 무림인들은 몸을 숨기는 입장이 아니라면, 우선 그 도시에 가장 큰 객잔에 한 번쯤은 가보는 것이 인연을 만드는 길이었다.

즉, 객잔이란 무림인이 스스로를 노출시키는 곳이다. 아미파나 청성파에도 노출하는 것이지만 사천당문에도 노출하는 것이다. 피월려 일행은 일단 사천당문에 들어서기만 한다면 비호를 받을 수 있다는 생각에 객잔에 들르는 것이 좋다고 판단했다. 어차피 이대로 가다간 아미파와 청성파에게 행동이 발각될 것이 불 보듯 뻔하기도 했다.

성도 최고의 객잔인 홍진객잔(紅塵客棧)의 내부는 넓은 원형의 구조였는데 이는 몽고의 건축양식을 활용한 것이었다. 흡사 거대한 천막을 떠오르게 하는 그 객잔은 총 삼 층으로 되어 있었고, 각 층은 다른 건물의 네다섯 층을 합쳐놓은 것처럼 매우 높았다.

피월려 일행이 객잔에 들어서자 객잔의 인물들이 한 번씩 그들을 훑어보았다. 식탁만 하더라도 어림잡아 오십 개가 넘어 보였는데, 그 층의 중심에는 요리하는 걸 지켜볼 수 있도록 개방된 주방이 있었다. 그 안에서 시원스럽게 칼질을 하는 주방장들은 한족 말고도 많은 인종이 섞여 있어, 사천의 다양한 음식을 맛볼 수 있는 기회를 제공했다.

점소이를 기다리는데, 제갈미가 먼저 앞장서 걸으며 피월려에게 말했다.

"사천의 객잔에는 점소이가 없어."

피월려가 그녀를 따라 걸었다.

"그럼 주문은?"

"주방장에게 직접 해야지."

"……."

그들은 빈자리에 앉았고, 그녀가 다시 말했다.

"서쪽은 처음이야?"

"낭인 시절 몇 번 와본 적은 있지."

"근데?"

"이런 거창한 객잔에 들어갈 만한 신세가 아니었어."

"호호호. 하긴 상상되네. 앉아, 아무 데나. 보아하니 음식도 잘 모르는 것 같은데 내가 알아서 시켜올게."

막 일어나려는 제갈미에게 주팔진이 말했다.

"사천에 오면 꼭 간소명하(干燒明蝦)를 먹어보라더군요."

"응. 알았어. 대주는?"

"아무거나 상관없어."

제갈미는 중앙으로 가 주방장과 몇 마디를 나눈 뒤에 다시 돌아와 앉았다.

곧 음식이 나왔다. 주팔진과 제갈미는 간만에 도시에서 먹는 음식이라 허겁지겁 맛있게 먹었는데, 피월려는 딱히 입맛에 맞질 않아 금세 젓가락을 놓았다. 그가 남은 음식을 모아다가 바닥에 놓자, 주팔진 아래서 가만히 앉아 있던 영견이 꼬리를 흔들며 다가왔다. 그러고는 그 음식에 머리를 처박고 막무가내로 먹기 시작했다.

피월려가 물끄러미 그 모습을 보는데, 뒤에서 한 여인이 그에게 말을 걸었다.

"사천 음식이 입맛에 별로 맞지 않나 보군요?"

피월려가 돌아보자 그녀가 마주 웃었다.

그녀는 전에 지부에서 본 당혜림이었다. 보랏빛 입술과 눈매를 가진 그녀의 독특한 화장은 남자라면 거부할 수 없는 유혹과 함께 함부로 범접하기 어려운 경계심을 같이 심어주었다. 피월려가 보니 그녀의 주변 반경 오 장 정도는 자리가 모두 비어 있었는데, 우연하게 그렇게 된 것이라기보다는 그녀가 누구인지 알고 모두 의도적으로 자리를 피한 것 같았다.

피월려가 입을 닦으며 말했다.

"사천당문에는 중원의 음식이 있었으면 하오만."

"아쉽게도 현재 사천당문은 누구에게 좋은 음식을 대접할 수 있는 상황이 아니에요."

"그래서 이리도 늦게 나타난 것이오? 우리가 먼저 밥을 먹기를 기다리면서?"

당혜림이 미소를 지었다.

"설마요. 대주님은 재밌는 분이시군요. 모시겠어요."

그녀가 일어나려고 하자, 제갈미가 손을 뻗어 흔들었다.

"잠깐. 다 안 먹었어, 아직."

제갈미의 양손과 입가에 묻은 양념은 그것만 따로 모아다가 다른 요리를 해도 좋을 만큼 많았다. 양기를 공급받아 생기가 돌기 시작한 천음지체의 육신은 엄청난 식욕을 자랑했고 때문에 제갈미는 자기도 주체할 수 없을 만큼 음식을 탐했다. 그걸 잘 아는 피월려가 당혜림을 돌아보았다.

"좀 기다릴 수 있소?"

"귀찮은 시비에 휘말리고 싶지 않으면 최대한 빨리 움직이는 것이 좋을 거예요."

"그런 걸 염려하는 사천당문에서 이리도 늦게 연락한 것이오?"

"몰랐어요. 성도에 도착했는지."

피월려는 이해할 수 없었다. 한 시진이 넘게 성도를 돌아다녔는데 이를 몰랐다니, 사천당문의 정보력이 얼마나 형편없는 건가?

"그리도 귀가 어둡소?"

당혜림이 찬찬히 설명했다.

"사천당문의 사정을 말했을 텐데요. 그리고 이곳은 중원 지역만큼 소식이 빠르지 않아요. 성도에는 다른 도시처럼 정보의 흐름을 주도하는 문파가 없어요."

"내륙 지방이라고 하오문이나 개방이 없다는 말은 믿기 어렵소만."

"그들보다 사천당문의 정보력이 훨씬 더 강했지요. 작금에 와선 많이 잃어버렸는데 아직 그 누구의 손에도 확실히 들어가진 못했어요. 중원의 도시에서와 같은 정보의 속도를 생각했다가는 많이 느릴 거예요."

"……."

"어찌 됐든 아미산과 청성산은 성도 밖에 위치해 있으니 본문보다는 소식이 오래 걸리긴 하겠지만, 그래도 조심해서 나쁠 건 없어요. 소녀를 따라오세요."

당혜림은 먼저 자리에서 일어나 걸었고, 피월려는 하는 수 없이 따라 일어났다. 제갈미는 뚱한 표정으로 버티고 섰는데, 피월려는 그 상태로 훌쩍 들어서 데리고 나와 버렸다. 그녀는 곧장 발버둥 쳤고, 피월려는 묵묵히 그 어리광을 다 받아주었다.

*   *   *

반각 정도를 걷자 곧 사천당문이 서서히 눈에 보이기 시작했다. 그 웅장함은 하늘에 닿을 듯했는데, 한 가지 아쉬운 점이 있다면 여기저기 화마(火魔)의 흔적이 크게 남아 있다는 점이다. 가뜩이나 주변에 아무런 건물도 없어 몹시 스산하기도 했고, 큰 그림자처럼 그을린 자국과 먼지가 쌓인 잿더미를 보니 폐가(廢家)라 해도 크게 무리가 없어 보였다.

안으로 들어가자 당혜림이 품속에서 무언가를 꺼냈다.

"이것을 입에 물고 있으세요."

그건 전에 혈적현이 가지고 있었던 지지(地祉)였다. 비도혈문의 신물로, 이것을 입에 물고 있으면 사천당문의 비경지독에 면역이 되는 효과가 있었다.

피월려가 그것을 나누어주며 전음으로 원설을 불렀다. 원설이 밖으로 나와 지지를 받고는 다시 모습을 감추자, 당혜림이 놀란 표정으로 말했다.

"언제부터 숨어 있었던 것이죠?"

"항상 함께 있었소."

"역시 천마신교의 살수답군요. 전혀 기척을 몰랐어요."

"그보다 이건 어떻게 가지고 계신 것이오? 비도혈문의 신물로 알고 있소만."

당혜림은 자랑스럽다는 표정을 지었다.

"비도혈문에서 만든 것을 본 문이라고 만들지 못할 이유가 있나요? 표본 하나만 있으면 재생산하는 건 시간문제일 뿐이에요. 게다가 이건 근본적으로 본가의 것을 가지고 만든 것이니 더욱 어려울 것이 없죠."

"그렇소?"

"꼭 입에 물고 계셔야 해요. 아니면 사천당문 전역에 퍼진 방진에 의해서 독에 중독될 터이니."

피월려는 놀라 물었다.

"사천당문 안에 그런 방진이 있단 말이오? 안에서 어찌 생활을 하는 것이오?"

당혜림의 얼굴이 조금 어두워졌다.

"일부 생존자만 남은 본 문에서는 이 넓은 본가를 모두 지킬 힘이 없어요. 때문에 모여 생활하는 일부 전각을 제외하고 모두 독으로 진법을 만들어 침입자를 막아요."

제갈미가 흥미롭다는 듯 주변을 보며 말했다.

"꽤 괜찮아 보이는데. 누가 만든 거야?"

당혜림이 대답했다.

"이 건물들이 만들어질 때부터 있었던 독진이에요. 사천당문이 멸문하는 최후의 순간에 침입한 적들과 함께 모두 동귀어진하기 위한 최후의 보루죠."

"확실히… 독이 없는 생로를 애초에 만들어놓질 않았네."

"옛날에 만들어진 것이라, 지지만 입에 물고 있다면 독진의 독은 몸에 침투하지 못해요."

피월려가 물었다.

"가도무 한 명을 막기 위해서 이런 최후의 보루까지 사용한 것이오? 다시 복구할 수 없다는 걸 알고도? 그 정도라면 가도무는 입신의 경지에 올랐어야 말이 되오."

당혜림은 답하기를 주저하다 곧 이내 털어놓았다.

"정확한 증거는 없지만, 가도무가 본 문에 홀로 침입했을 때에 시녀 중 한 명이 다수의 무림인을 봤다고 했어요. 그 무림인들은 마치 도와줄 것처럼 하다, 역으로 검공을 펼쳐 사천당문의 고수들을 배신했다고요. 하지만 문제는 이 사실을 확인해 줄 만한 중요 인물이 전부 죽었다는 거예요. 오로지 시녀 한 명의 기억만이 아미파와 청성파의 개입을 시사하고 있어요."

피월려가 의미심장한 눈빛으로 그녀를 보았다.

"그땐 그런 말이 없지 않았소?"

"……."

"그들이 연관되었다 하면 본 교에서 도와주지 않을 거라 생각한 것이오?"

"본 문의 생존을 위한 길이었어요. 대주께서 용서해 주시길 바랍니다."

"뭐, 예상하지 않은 건 아니오. 가도무 혼자 사천당문을 봉문시켰다고는 누구라도 믿을 수 없으니까. 일단 문주를 뵙고 자초지종을 들어야겠소."

"……."

당혜림은 민망한지 그 이후 대화를 하지 않았다.

피월려는 간간이 보이는 시체들과 무너진 전각들을 보며, 가도무가 침입한 그날의 전경을 머릿속에 생생히 그릴 수 있었다. 아마 불의 화신처럼 보이는 그가 사천당문의 무인들을 학살하며 전각을 모두 불태웠을 것이다.

단순히 천마급으로 보긴 무리가 있다.

그 또한 그 지독한 상황에서 입신을 깨달은 것이 아닐까?

나지오가 말하던 그 혼돈경을?

시간이 지나고 일행은 사천당문의 중심에 도착했는데, 당문에 들어선 뒤 처음으로 당문 사람들을 볼 수 있었다. 하지만 노인과 어린아이, 그리고 무공을 익히지 못한 범인이 태반이었다. 사천성의 지배자였던 사천당문의 후예들이라고 보기에는 너무나도 미약한 모습. 피월려는 사천당문이 봉문이 아니라 멸문을 당했다고 말하는 것이 더 옳다 생각했다. 저들이 과거의 사천당문의 이름을 되찾을 수 있으리라고는 상상하기 어려웠기 때문이다.

얼마나 심각하면 천마신교에 부속하려 하겠는가?

피월려는 그들의 상황이 생각보다 더 절박하다는 걸 느끼고는 마음을 강하게 잡았다. 천마신교의 도움이 절실한 그들에게서 얻을 수 있는 건 최대한 얻는 것. 그것이 그가 낙양지부 일대주로서 해야 할 일이었다.

당혜림이 문주가 있는 곳으로 그를 안내했다. 건물은 비교적 깔끔했지만, 안에 조금이라도 값어치가 있는 장식은 하나도 없었다. 아마 이미 모두 처분한 듯싶었다.

하녀는 문주가 독대를 원한다며 피월려 외의 일행에게 잠시 앉아 있으라고 청한 뒤, 안을 통해 뒷마당으로 피월려만 안내했다. 문주는 마당에 나와 이름을 알 수 없는 꽃과 식물을 정성스레 돌보고 있었는데, 꽃의 화려한 색과 풀의 괴상한 형태를 보니 독화와 독초가 분명했다.

문주가 숨을 내쉬며 피월려를 돌아보았다.

봉문의 풍파에 맞서 무거운 짐을 짊어지고 힘겹게 생을 연명하고 있는 늙은 노인. 두 눈에서 흘러나오는 눈빛은 너무나도 지쳐 더 이상 생기를 유지하지 못하는 듯했다. 절벽에서 썩은 동아줄을 잡고 겨우 생명을 유지하는 사람의 곤함이 얼굴에서 드러나 있었다.

"말로만 듣던 낙성혈신마를 직접 보게 되어 영광이외다."

피월려도 인사를 받으려 했는데, 순간 그 문주의 별호가 생각이 나지 않았다. 생각해 보니, 그 문주는 별호조차 제대로 없는 사천당문의 노고수인 것이다.

"저 또한 사천당문의 문주를 뵙게 되어 영광입니다."

피월려는 방금 전까지만 해도 존대를 할 생각이 없었다. 하지만 그 문주의 모습을 보니 저절로 존대가 나왔다. 어떤 큰 위엄을 무의식적으로 느끼고 한 것과는 거리가 멀었다. 단지 힘없고 늙은 문주를 향한 연민에 의한 것이었다.

"내 젊은 날을 게을리 보내어 전 중원에 별호가 알려질 만한 기회가 없었소. 이름은 당우림이나 사천성과 가문 내에서는 독안구(毒安九)라 불렸으니, 나를 그리 부르시오. 나는 아직도 문주라는 호칭이 어색하오."

"알겠습니다, 독안구 어르신."

"낙성혈신마는 먼 길을 오느라 수고하셨소. 내 자리를 비울 수 없어 딸아이에게 일을 맡겼는데 이를 불쾌하게 생각하지 않으셨으면 하오."

"아닙니다."

"우선 쉬시겠소? 일은 내일 논하여도 괜찮소."

"쉬지 않아도 됩니다. 여기서 제가 해야 할 일을 신속히 처리하는 것이 본 교에도 당문에도 좋을 것입니다."

피월려의 딱딱한 어조에 당우림은 눈을 내리깔았다. 갑과 을이 확실한 이 상황에서 당우림의 마음속에 요동치는 참담한 심경은 이루 말할 수 없었다.

당우림이 조용히 말을 꺼냈다.

"그럼… 본 문의 입교 조건을 다시금 확인하겠소."

"그전에 한 가지 물을 것이 있습니다."

"말해보시오."

"천마신교에 한번 입교한다면 다시 나갈 수 없습니다. 사천당문은 사천당문이란 이름을 버리고 사천지부라는 이름을 쓸 각오가 된 겁니까?"

당우림은 허무한 웃음소리를 내었다.

"허허허, 낙성혈신마. 사천당문의 이름은 자의에 의해서든 타의에 의해서든 어차피 사라질 것이오. 남은 식구들의 존속만이 내 유일한 관심사요. 사천당문이라는 이름이 아니라 당씨 성을 버리라 해도 관계없소."

"……."

쓸데없는 자존심을 모두 버리고 오로지 생존에 목숨을 건 당우림의 눈빛은 피월려에게 참으로 익숙한 것이었다. 낭인 시절, 얼굴을 씻기 위해 수면을 볼 때마다 그 물 위에 떠오른 자기의 눈빛을 항상 봐왔기 때문이다.

당우림이 말을 이었다.

"첫째 조건은 금 삼만 냥의 지원. 둘째 조건은 일류고수 백과 이류고수 이백 명의 지원. 셋째 조건은 본가의 사람들을 사천에서 빼내지 말라는 것. 그리고 마지막으로……."

"가도무의 죽음. 맞습니까?"

"맞소."

피월려는 가도무의 죽음 외의 다른 조건들을 자세히 들어

본 적이 없다. 이것은 박소을 지부장과 당혜림간의 협약에서 나온 조건이기 때문이다. 사천으로 향하라고 소식을 전한 주팔진이나 제갈미도 자세한 사항을 알지 못해 그에게 전해준 말이 없었다. 그 정도로 박소을은 이 일을 극비로 진행하고 있었다.

그래서 피월려는 이제야 박소을이 그를 이곳에 보낸 이유를 확실히 알 것 같았다. 그건 협약의 성사를 보증함과 동시에 가도무의 암살을 행하기 위함이다.

피월려는 잠시 말이 없다가 이내 말을 꺼냈다.

"다른 건 몰라도, 가도무의 암살에는 작은 문제가 있습니다."

"무슨 문제 말이오?"

"가도무는 본 교에도 크나큰 죄를 지은 죄인입니다. 그를 여기서 살해할 수도 있지만, 본 교에서는 그를 생포하여 엄벌에 처하는 걸 원할 겁니다."

"……"

"사천당문에서 그를 죽이려 하는 것은 이해득실과는 관계없는 복수 때문이라 생각하는데, 그렇다면 이해득실을 따져야 하는 본 교의 입장에선 순순히 그 조건을 받아들일 순 없습니다. 그런 사사로운 복수심을 일일이 신경 쓰기에는 문주님의 어깨가 너무 무겁지 않습니까?"

당우림의 눈에 처음으로 생기가 맴돌았다. 피월려는 한번 도발이라도 해보자는 심정으로 말을 꺼냈는데, 생각보다 더 당우림을 자극한 듯싶었다. 깊고 어두운 눈동자 속에서 조용히 웅크리고 있는 분노의 꿈틀거림은 피월려가 예상한 것보다 훨씬 더 거대했다.

세월에 찢어진 두 입술이 열리고, 부드러운 어조의 목소리가 흘러나왔다.

"내 질자(姪子) 한 명의 죽음을 방조하고, 환갑의 세월을 같이 보낸 두 친우이자 본 문의 비독견 둘을 도륙했으며, 또 다른 질자이자 본 문의 소문주를 살해한 불구대천지원수(不俱戴天之怨讐)를 눈앞에 두고도 본 문의 미래를 위해 조용히 대화를 나누고 있는 노부가… 어깨 위에 놓은 무게도 모르고 감정에 휘둘리는 노인으로 보이는가?"

가도무가 원수라면 피월려도 원수다. 가도무가 사천당문에 멸문에 가까운 피해를 입히지 않았다면, 건재한 사천당문이 피월려를 가만히 두었을까? 아마 태원이가나 무당파만큼이나 피월려를 죽이려 들었을 것이다.

그걸 참고 가만히 앉아 있는 당우림이 과연 사사로운 복수심에 일일이 신경 쓰는 사람인가? 아니다. 지독히도 냉철한 사람이다.

피월려가 시선을 내렸다.

"실언했습니다. 그러나 묻지 않을 수 없습니다. 사사로운 복수심이 아니라면 왜 가도무를 굳이 죽이려는 겁니까? 이미 떠난 그가 사천당문에 더 큰 피해를 입히려는 것도 아닐 텐데 말입니다."

당우림은 다시금 마음속의 분노를 숨기며 담담하게 말했다.

"사천당문이 멸문한 것이 아니라 봉문한 것이라는 것을 확실시해야 하오. 만약 이런 짓을 벌인 가도무를 잡아 죽여 그 시체를 대문에 보란 듯 걸어놓지 않으면, 성도에서 사천당문의 영향력은 극도로 감소될 것이오. 이를 막기 위해선 독을 무작위로 쓰는 방법밖엔 없는데, 그랬다간 청성파와 아미파에서 직접 멸문시키러 올 것이오. 즉, 가도무를 잡는 것은 사천당문의 사활에 있어 그 무엇보다도 중요하다 할 수 있소."

피월려는 당우림을 설득했다.

"죽이지 않겠다는 것이 아닙니다. 다만 여기서는 생포를 하겠다는 것이지요. 오히려 죽음보다 지독한 고문 뒤에 처참하게 도륙할 것입니다. 또한 대문 앞에 내거는 건 시체가 아니라 살아 있는 몸이 더 좋은 효과를 내지 않겠습니까? 산 채로 대문에 매달려 발버둥 치는 그를 보며 사천 무림은 긴장하지 않을 수 없을 것입니다."

"흐음."

"깨끗한 죽음은 오히려 제대로 된 복수가 아닙니다, 독안구 어르신."

한참 시간이 흐른 뒤에, 생각을 마친 당우림은 피월려의 말에 동의하는 듯했다. 하지만 그는 염려스럽다는 듯 조용히 말했다.

"그의 생포가 쉽지는 않을 것이오."

"그건 제가 알아서 할 것이니 걱정하지 않으셔도 됩니다."

"지금 그의 상황에 대해 들으면 쉬이 그런 말을 하지 않을 것이오, 낙성혈신마."

"상황이 어쨌기에 그렇습니까? 아니, 애초에 그가 어디 있는지 아십니까?"

당우림은 눈을 딱 감았다.

"그를 죽이거나 생포하는 일은 본 문의 젊은 고수들과 상의하셔야 할 것이오. 그것이 더 바람직하오."

"그것을 위해 이곳에 온 것이나 다름없습니다. 바로 하겠습니다."

"정 그러시다면, 낙성혈신마. 밖에 나가 비독견들을 찾으시오. 그들이 무엇을 해야 하는지를 알려줄 것이오."

단호한 목소리가 조금 마음에 걸렸다. 아마 조건이 달라진 것에 대해 당우림이 조금 언짢은 듯 보였으나 피월려는 서둘러 포권을 취하고 밖으로 나가며 말했다.

"그럼 전 가도무를 생포하러 가겠습니다. 쉬십시오."

"무운을 비오."

당우림이 허무한 어조로 대답하며 다시 독초 잎사귀에 손을 뻗었다. 현 사천당문의 상황으론 독초의 극독에 대한 해독제를 만들지 못한다. 그런데도 그것을 쓰다듬는 그의 손길에는 그 어떤 두려움도 없었다. 당우림에겐 독과 함께 보낸 환갑의 세월이 있었기 때문이다.

*   *   *

비독견(備毒犬).

그것은 사천당문 문주의 개를 지칭한다.

사천당문은 예로부터 순수 혈통을 중요시 여겨왔다. 중원에서 황실만큼이나 혈통주의적인 곳을 찾으라면 사천당문을 손에 꼽지 않을 수 없을 것이다. 지금껏 단 한 번도 혈통이 부정된 적이 없으며, 혈통을 지키기 위해서라면 멸문까지도 각오하는 것이 그들의 가훈이다. 그들은 기본적으로 폐쇄적이며 사교성이 없고 차갑다. 가문의 이익과 목적을 위해서라면 수단과 방법, 그리고 흑백조차도 가리지 않는 집단으로 잘 알려져 있다.

그러나 그 가문의 중심이 되는 본가의 혈족들은 어느 백도의 문파 못지않게 예의범절을 철저하게 지키며, 고상한 언어 구사와 풍부한 예술적 감각은 물론이고 황실의 유명 문가와 비교해도 손색이 없는 교양을 갖추고 있다.

그리고 그들을 떠받치는 분가(分家). 조상은 같으나 가주의 대를 잇지 못한 형제들의 혈족은 분가가 되어 가주의 발이 땅에 닿지 않게 떠받는다.

장자의 전통이 없는 사천당문에서는 차기 문주를 뽑기 위해서 형제들끼리 평생 동안 경합을 시킨다. 자기뿐만 아니라 자기의 모든 자손이 본가가 되느냐, 분가가 되느냐가 달린 이 경합에 참여할 수 있는 조건은 단 하나. 문주의 자식이어야 한다는 것뿐. 순서는 관계없다. 가장 유능하고 능력 있는 아들이 소문주가 되어, 소모적인 가권 쟁탈로 낭비되는 힘을 미연에 방지한다.

그렇게 문주가 되면 사천당문의 역사상 지금까지 쌓아온 모든 것을 차지하게 된다. 무엇보다도 본가에게만 전수되는 비전을 관람할 수 있는 것이다. 사천당문의 비전은 문주의 것이며 문주만의 것이 된다. 그만이 읽을 수 있으며, 그만이 사용할 수 있는 것이다. 그들은 가문 내에서도 그런 비현실적인 폐쇄성을 띤다.

그러나 정말로 그런 식이라면 사천당문은 절대로 지금까지 유지될 수 없었을 것이다. 사천당문의 비전이 오로지 한 사람에게 집중된다면, 그것을 제대로 활용할 수 없기 때문이다.

따라서 문주는 그 유산을 '자기의 소유'에게 '빌려줄 수 있다'. 말 그대로 대여를 해주는 것이며, 사천당문의 인원이 그것을 받기 위해서는 그 사람 역시 문주의 소유물이 되어야 한다.

사천당문의 무인들은 누구나 문주의 무공을 익힐 수 있고, 누구나 문주의 지식을 얻을 수 있으며, 누구나 문주의 비전을 활용할 수 있다. 그러나 그 대가로는 문주의 개가 돼야 한다. 무인은 물론이오, 인간임을 포기하고 몇 년간의 지독한 세뇌를 받아 한 마리의 개가 되는 것이다.

그것이 바로 비독견이다.

더 독한 독을 맛보고 더 독한 독공을 익히기 위해 미친 독인들이, 인간이길 포기하며 탄생하는 비독견. 문주의 모든 것을 이어받았지만 절대적인 충성 서약과 정신 세뇌에 묶여 개 노릇을 하는 그들은 그 누구도 감히 무시할 수 없는 사천당문의 주력이며, 그 누구도 감히 얕잡아볼 수 없는 무력 집단이다.

말 그대로 개.

그들은 사천당문의 적을 보는 즉시 물어버리는 개들이다.

천막 안으로 들어선 피월려를 보는 다섯 쌍의 눈. 그 속에는 살기 그 이상의 것이 있었다.

피부 위로 다닥다닥 붙는 것 같은 살기. 숨을 쉬는 것에도 지장을 받는 것 같다. 뜨겁지 않은 것만 뺀다면 마치 기름에 전신이 튀겨지는 기분이었다.

"우린 비독견이다. 네가 소문주를 죽인 낙성혈신마냐?"

비독견 중 가장 연장자가 대표로 말했다. 굵은 흰 눈썹 아래로 보이는 눈에는 백내장이 가득했는데 으스스한 초록빛이 은은히 흐르는 게 자연적인 백내장은 아닌 것 같았다.

피월려의 극양혈마공이 자동적으로 살기에 반응했다. 그의 마기가 살기에 대항하니, 피월려는 조금 기분이 나아지는 걸 느꼈다.

"그렇다."

그는 반말을 사용했다. 이곳에서 그는 천마신교의 입장을 대변하는 마인이다. 함부로 경어를 쓸 수 없었다.

그러나 그렇다고 그에게 연륜이 생기는 건 아니다. 새파랗게 젊은 피월려가 반말을 했다는 사실에 그 늙은 비독견의 흰 눈썹이 꿈틀거렸다.

"비독견 둘도 죽였다지?"

"그렇다."

비독견은 서로 간에 정이 끈끈하다. 부모를 잃고 함께 자란 형제들과 같이, 극도로 척박한 훈련 환경을 겪고 난 그들은 가족의 연보다 더 진한 유대감이 형성된다. 이 세상에서 자기를 이해할 수 있는 사람은 같은 비독견밖에 없기 때문이다.

다른 비독견을 죽인 피월려는 그들에게 형제를 죽인 자와 다름없었다. 비독견의 눈에서 살기가 폭사되었다.

"잘도 이곳에 들어왔군."

"그래서?"

"뭐라?"

피월려는 극양혈마공을 극성으로 끌어 올리면서 동시에 용안심공을 가동했다. 황홀경을 통한 평정심이 정신에 임하자, 그의 눈동자와 얼굴에서 인간의 감정이 모두 사라졌다.

"그래서 무슨 말을 하고 싶은 거지? 다시 살려낼까?"

"……"

"문주와 이야기가 끝난 일이다. 문주의 결정을 번복할 셈인가?"

"독안구는 임시 문주다. 비독견은 그를 따르지 않을 자유가 있다."

"그 말고는 대를 이을 혈통도 없다며? 주인을 잃은 개에게 무슨 자유가 있다는 거지? 아니, 주인을 잃었으니 개에게도 한 가지 자유 정돈 있겠군."

"뚫린 입이라고 함부로……."

피월려는 말을 잘랐다.

"자결해."

"······."

"충견이잖나? 주인도 지키지 못한 충견이 뭐에 쓸모가 있지? 너희들이 죽은 소문주 때문에 도움을 주러 온 내게조차 살기를 품을 정도로 높은 충성심을 가지고 있다면, 애초에 문주를 지키지 못한 이유로 자결해야 하는 거 아니야?"

"사천당문에 대해 모르면 함부로 말하지 마라."

피월려는 광소했다.

"크하하. 아직도 모르겠어? 사천당문은 이제 없다. 멸문이야. 천마신교에 부속되면 천마신교일 뿐, 그 외의 것이 될 수 없다, 비독견!"

"······."

"본 교의 장막 아래서 잠시 쉬다가 다시 사천당문을 재건할 생각인가? 그런 허술하기 짝이 없는 빈약한 생각을 하고 있나? 그걸 본 교가 모를 줄 알아? 본 교는 그걸 다 알고도 지원을 약조한 것이다."

"그러면 왜 본 문을 도와주는가?"

"자신감이다."

"무슨?"

"노친네. 어디 한번 본 교 내에서 발버둥 쳐봐라. 본 교는 관여하지도 막지도 않을 것이다. 사천당문의 이름을 쓰고 사천당문의 용어를 써라. 사천당문이라는 이름 아래서 모이고,

사천당문이라고 스스로를 밝혀봐라. 사천당문이란 정체성을 지키려고 안간힘을 한번 써봐. 그러나 수명이 다해 침상에서 죽어가는 네가 보게 될 것은 자기를 마교인이라 지칭하는 사천당문의 젊은이들밖에 없을 것이다."

"……."

"무의미한 신경전은 이만하면 되지 않나? 어차피 여기서 너희들과 노닥거리려고 온 것이 아니다."

늙은 비독견이 뭐라 말하려는데, 그보다는 젊은 중년의 비독견이 그의 앞을 가로막고 대답했다.

"소모적이라는 데는 동의하오. 임무를 행하려고 왔으니, 분란을 일으키지 마시고 조용히 임무를 행하고 돌아가시오."

"내가 시작하지 않았다. 난 임무 외의 것을 생각해 본 적이 없다. 가도무는 어디 있나?"

그 중년의 비독견은 잠시 몸을 돌려 늙은 비독견과 몇 마디를 조용히 주고받았다. 사천어라 피월려는 이해할 수 없었지만, 약간의 거친 언사인 것은 대강 파악했다. 결국 늙은 비독견이 침을 딱 하고 뱉고는 밖으로 나가 버리는 것으로 마무리가 되었다.

늙은 비독견의 뒷모습을 빤히 보던 중년의 비독견이 이내 피월려에게 손짓했다.

"이쪽으로 오시오."

그는 피월려를 안쪽으로 안내했다.

그곳에는 넓은 탁상이 중앙에 있었는데, 그 위에는 특이한 지도가 펼쳐져 있었다. 모래를 쌓아놓은 것처럼 여기저기 솟아올라 있었는데, 피월려는 그것이 주변 지형을 나타내는 입체적인 지도라는 걸 알 수 있었다.

"전쟁 중의 막사 같군. 이런 지도는 군에나 있을 법한 것인데."

피월려가 중얼거리자, 중년의 비독견이 설명했다.

"이 지도의 붉은 선 안에 있는 지역은 독경천(毒境天)이라는 곳으로, 사천당문에서 천하 전역에서 가져온 독물들을 모아놓고 그 안의 생태계를 관리해 왔소. 이곳은 대운제국이 있기 전부터 사천당문이 소유한 사유지로서, 관에서조차 감히 침입하지 못하는 곳이오."

"하고 싶어도 못하겠지. 무슨 독물이 있을 줄 알고…… 사천당문의 독을 조달하는 창고라 보면 무방한가?"

"그렇소."

"위치가 어디지?"

"뒷산이오."

"뭐?"

"사천당문의 뒷산이오. 바로 이 지형이 그쪽 반경 오 리를 나타내고 있소."

피월려는 입을 다물지 못하다가 곧 말했다.

"성도가 바로 앞에 있다. 독을 품은 생물들이 가득한 이런 독계(毒界)를 무수히 많은 사람이 살고 있는 성도 바로 옆에 만들다니 정신이 나간건가? 게다가 반경 오 리라니? 그럼 이 지도가 반경 오 리 가량의 지형을 나타내는 건가? 그토록 넓은 지역을 어찌 관리해?"

"그 반대요."

"반대라니?"

비독경은 산 하나를 집어 설명했다. 중앙에 있는 가장 높은 산이었다.

"이 산은 보시다시피 독경천의 중심이 되는 산으로 우리는 독경지천(毒境至天)이라 부르는 곳이오. 이곳의 특징은 높은 산임에도 불구하고 그 아래 용암이 흘러 양과 음의 교차가 극심하다는 것이오. 그 둘의 기운이 모이니, 다양한 성격의 생물들이 공존할 수 있는 환경이 조성되어 인위적으로 생태계를 만드는 것이 가능했소. 시조께서는 천하를 돌며 독물들을 모아 이곳에 독계를 만드셨고 이를 자손들이 관리하면서 사천당문이 창문된 것이오. 그리고 그 이후, 본 문이 득세하며 세력이 커서 사천성 전체에 영향을 미치기 시작하자, 사천당문의 앞에 서서히 사람들이 모이기 시작하였고, 작은 고을에 불과하던 성도가 점차 발전하여 대도시를 이루게 된 것이오."

피월려는 도저히 믿을 수 없다는 듯 코웃음을 쳤다.

"허무맹랑한 허풍이군. 중원 대도시 중 하나인 성도가 생긴 이유가 사천당문이라는 말을 믿으라는 것인가?"

"이는 본 문에 수백 년간 내려져 오는 서적에도 기록된 엄연한 사실이오."

"아, 알겠다. 그러시겠지. 그래서 가도무는 어디 있나?"

말을 무시하는 피월려를 보며 중년 비독견은 한마디 하고 싶었지만, 젊고 강한 마인의 어린 치기에 대꾸하기보다 그 또한 그냥 무시하는 것이 상책이라 생각했다. 중년 비독견은 하고 싶은 말을 삼키고는 피월려의 질문에 대답했다.

"이곳이오. 독경지천."

피월려는 즉시 이유를 알 것 같았다.

"음과 양이 교차하는 곳이라 거기서 몸의 기운을 다스리는 것인가?"

"그보다 그가 노리고 접근한 빙정(氷晶)이 그곳에 있소."

애초에 가도무는 넘치는 양기를 해결하고자 빙정의 힘을 빌리기 위해서 사천당문에 죽자 사자 홀로 쳐들어온 것이다. 그 말이 기억난 피월려는 고개를 끄덕이며 지도를 자세히 보았다.

"그러고 보니 빙정이 사천당문에 있었지. 본래 본 교의 것이거늘."

"문주와 모든 것을 해결 보았다 들었소. 내가 잘못 들은 것이오?"

"……."

피월려는 아차 싶은 생각이 들었다. 당우림과 대화에서 빙정에 대해 언급했더라면 좀 더 많은 것을 얻을 수 있었을 것이기 때문이다. 그런데 그런 생각이 들자마자 또 다른 의문이 들었다. 박소을이 빙정에 관한 언급을 하지 않은 이유는 무엇일까? 그도 빙정을 미처 생각하지 못했다고 보긴 어려웠다.

피월려는 조용히 고민에 잠겼고, 이를 조금 기다리던 중년 비독견이 헛기침으로 피월려의 상념을 깨웠다.

"크흠."

"아, 잠시 다른 생각을 했다. 네 말이 맞다. 임무에만 집중하지."

중년 비독견은 설명을 이어갔다.

"빙정은 극음의 기운을 품은 것이오. 이를 가도무가 어찌 쓸지 미지수이니, 자칫 잘못하다간 독경천의 독물들이 모두 죽을 수 있소."

피월려는 어이없다는 듯 중년 비독견을 보았다.

"밖으로 새어 나와 사람들을 중독시키는 건 고려 사항이 아닌가?"

"환경이 달라지면 즉시 죽을 것이오. 독물은 그 안에 독을 품은 만큼 알맞은 환경이 갖춰지지 않으면 생존하기 어렵소."

"큭큭큭. 가도무를 죽여달라는 진짜 이유가 바로 이것이군. 독경지천에 둥지를 튼 가도무 때문에 독경천의 독물들이 죽을까 봐 염려가 되어서 말이야. 아니, 더 솔직히 말하면 가도무가 아니라 그가 지닌 빙정인가?"

"……."

"그런 부탁은 차마 못 하겠지? 본래 본 교의 것이니."

"문주께서 그런 부탁을 하지 않으신 걸로 알고 있소. 괜한 추측은 삼가시오, 낙성혈신마."

피월려는 썩은 미소를 짓더니 이내 숨을 털어내듯 말했다.

"좋아. 일단 한번 부딪쳐 봐야겠군. 그가 독경지천에 잠복한 뒤 그를 죽이려고 시도는 해봤는가?"

"모두 실패했소. 정면으로는 싸우는 것이 불가능하여 독을 썼는데, 그 괴기한 화공으로 모조리 태워 버리니 사천당문의 기술로는 도저히 상대할 수 없는 상극이오."

"그래서 내가 온 것이지."

"그를 죽일 수 있겠소? 솔직히 말하면 초절정이라 하기에는 너무 젊으신 것 같소."

"말했지 않나. 부딪쳐 봐야 한다고."

"……."

"정면으로는 왜 못 싸웠나? 노련한 비독견이라면 홀로 초절정까지도 상대한다 들었는데."

중년 비독견이 고개를 끄덕였다.

"사천당문이 오대세가에 들 수 있는 것 또한 실력 있는 비독
견이 초절정을 상대할 수 있기 때문이었소. 그러나 그건 어디
까지나 사람을 상대로 하는 말이오. 독이 통하지 않는 화괴(火
怪)에게는 쓸 수 없는 말이오."

"화괴? 가도무를 그리 말하는가? 그래도 그 또한 인간이다.
그것도 음양의 붕괴로 거의 다 죽어가는 노괴지."

"인간이 아니오."

피월려는 코웃음 쳤다.

"사천당문이 그리 꼬리를 말 정도로 가도무를 두려워하는
지 내 처음 알았군."

"한 마리 짐승이오, 간살색마는. 인성(人性)이 완전히 사라
진 야수 말이오."

중년 비독견의 표정에는 두려움이 없었다. 대신 진중함이
가득했다. 피월려는 그를 응시하는 중년 비독견의 두 눈빛을
찬찬히 받으며, 나지막하게 말했다.

"비유적인 말을 하는 것이 아니군."

"독경천의 생태계는 너무 복잡하여 지금 다 설명할 수 없
소. 다만 한 가지 중요한 사실이 있다면, 강한 생물일수록 독
경지천에 터를 잡는다는 것이오. 음양의 격한 조화로 말미암

아 그 지역에 자연의 기운이 강하니, 독물들도 자연스럽게 그곳으로 모이게 되어 서로 자리를 씨름해 왔소. 그리고 그들의 강함에 따라 계급이 나눠져 점차 안정된 것이오. 그런데 그런 생태계의 가장 최상위에 군림하는 것이 바로 간살색마이오."

"……"

"중원을 넘어서 서역과 남만, 그 끝을 알 수 없는 세계까지 모두 돌아 찾아낸 천하의 독물이 전부 모인 곳이오. 그곳의 가장 최상위에 군림하는 간살색마는 인간이 아니라 인성을 완전히 잃어버린 야수요. 나체로 다니며 짐승의 소리를 내고, 생으로 독물들을 잡아먹으며 생명을 유지하고 있소."

"장공이나 지공은?"

중년 비독견은 고개를 저었다.

"발경을 하지 않소. 그의 내력은 오로지 그의 육신에 돌며 육신을 강화할 뿐이오. 그의 움직임 또한 그 어떠한 신묘함도 없는 짐승에 가까운 것이오. 천마급의 마인인 그가 무공 하나조차 펼치지 않는다면 이는 인성을 완전히 잃어버리고 한 마리의 야수가 되었다고 확신할 수 있소."

"……"

"인간을 상대로 만들어진 무공이 얼마나 그에게 효과적으로 작용할지는 미지수이오. 본 문의 독이 통하지 않았던 것처럼 아마 낙성혈신마의 낙성이나 심검도 통하지 않을 것이오."

"확실히……."

"낙성혈신마께서는 그를 암살해야 하는 것이 아니오."

"그럼?"

중년 비독견은 비경지천을 손가락으로 가리키며 한마디를
툭 던졌다.

"사냥해야 하는 것이오."

제육십팔장(第六十八章)

사천당문을 대표하는 말로 이흑환흑 이백환백(以黑還黑 以白還白)이 있다. 이는 사천당문의 무인들이 하는 말로, 그 말을 모르는 무림인은 거의 없었다. 아무 무림인이나 붙잡고 사천당문을 떠올렸을 때 바로 생각나는 한 문장을 말하라면 십중팔구 그 여덟 글자를 말할 것이다.

　하나, 만약 성도에서 평범한 삶을 사는 이들에게 같은 질문을 한다면 그들은 다른 대답을 한다. 사람의 출신이 성도인지 아닌지 판가름하는 기준으로 삼아도 좋을 정도로 그들만의 특별한 대답이 있었다.

현부염라(現府閻羅).

그 이유는 간단하다. 염라대왕 앞에 선 사람이 극락에 이르거나 지옥에 떨어지는 것처럼 사천당문에 들어간 범인은 살아서 거금을 들고 나오거나 죽어서 시체조차 남지 않고 사라져 버리기 때문이다.

평생을 사냥을 하며 살았고 짐승이 없는 날에는 나무를 베던 왕삼은 설마 자신이 사천당문 안으로 들어가게 되리라고는 꿈도 꾸지 못했다. 그의 집에서 기다리던 당문의 고수들이 스스로를 당문이라 밝혔을 때는, 지금까지 실수로도 절대 떨어뜨린 적이 없던 지게를 난생처음으로 떨어뜨리고야 말았다.

무공을 전혀 모르는 그에게는 선택권이 없었다.

두 눈이 가려진 채 바들바들 떠는 그는 마치 고양이 앞의 쥐와 같았다. 당장에라도 숨이 넘어갈 듯이 헥헥거리던 그는 옷이 모두 축축하게 젖을 정도로 땀을 흘렸다. 그렇게 전혀 영문도 모른 채 한 시진이나 걸려 어느 한곳에 도착하자, 당문의 사내들이 그를 무릎 꿇게 만들었다. 그리고 그의 눈을 감싼 덮개를 벗겼다.

왕삼은 눈이 타는 듯한 고통에 눈을 가렸다. 점차 빛에 익숙해지자 서서히 앞을 볼 수 있었는데, 그곳에는 수천 권의 책으로 장정의 키만큼이나 높은 탑을 쌓아두고, 그 중간쯤에 비스듬히 누워 여유롭게 책장을 넘기는 피월려가 있었다. 그는 그 책을 보는 와중에도 수시로 옆에 있는 책을 집어가면서 뒤적거렸는데, 마치 장황한 상소문을 쓰려는 문인이 수백 권의 책을 앞에 두고 한 문장, 한 문장 인용하려고 자료를 찾는 모습 같았다.

그리고 그의 오른쪽 아래에는 머리가 뒤로 젖혀지도록 돌아누운 제갈미가 책을 거꾸로 들고 연신 하품을 하고 있었다. 양기가 충족되고 음식을 섭취하기 시작한 그녀의 미모는 한껏 물이 올라 천음지체 본연의 미모로 돌아가고 있었는데, 때문에 왕삼은 제갈미로부터 눈을 뗄 수가 없었다. 특히 다리를 꼰 채 위쪽으로 쭉 뻗어 허벅지를 시원하게 노출한 그녀의 각선미는 천막 위에서 쏟아지는 햇살로 인해 마치 백사장의 모래처럼 빛나고 있었다.

반각이 지나도록 그 광경을 지켜보다 마침내 마음이 진정된 왕삼이 입을 열었다.

"저… 공자님. 이게 어떤……."

피월려가 손가락 하나를 탁 하고 뻗자 왕삼은 하던 말을 되삼킬 수밖에 없었다. 그렇게 또다시 침묵이 시작되었는데, 왕삼은 점차 무릎을 꿇은 다리가 저려오기 시작하는 것을 느꼈다. 그러나 아름답기 그지없는 제갈미의 허벅지를 연신 힐끔거릴 수 있다는 점에서 그 정도 고통이야 충분히 감내할 수 있는 수준이었다.

"더 쳐다보면 죽는 수가 있어."

왕삼은 간질병이 온 것처럼 놀라더니 재빨리 시선을 아래로 향했다.

"주, 죽을 죄를 지었습니다."

피월려가 또 한마디 던졌다.

"조용히."

"예, 예."

또다시 시작된 침묵.

더 이상 각선미를 감상하지 못하니, 저려오는 다리의 통증을 서서히 견디기 어려워졌다. 왕삼은 젖 먹던 힘까지 끌어다가 죽을힘을 다해 견뎠다.

제발, 제발.

그의 간절함을 알았을까, 피월려가 책을 탁 하고 덮었다. 그러자 그를 곁눈질하며 제갈미가 툭하니 물었다.

"찾았어?"

"아니."

"근데?"

"먼저 처리할 일이 있으니까."

왕삼은 그것이 자기를 말함을 깨닫고는 공포에 얼굴이 하얗게 변했다.

제갈미가 감흥 없다는 듯 말했다.

"용안도 없는 내가 신경 끄고 있는데, 네가 못하는 게 말이 돼?"

피월려가 대답했다.

"약자라고 도구처럼 취급해선 안 되지. 가만히 따져보면 불러놓고 아무 말도 안하는 우리가 잘못한 거야."

"난 잘 모르겠네. 누구처럼 범인이었던 적도, 약해 빠진 낭인이었던 적도 없어서."

피월려는 제갈미를 무시하곤, 왕삼에게 말했다.

"미안하게 되었소. 다른 데 집중하다 보니 신경 쓰지 못했소."

왕삼은 과장되게 손짓하며 말했다.

"아, 아닙니다, 공자님."

"내게 몇 가지 가르쳐 주었으면 하는 것이 있소."

"제가 무엇을 가르쳐 드릴 수 있겠습니까? 저는 짐승을 사냥하는 재주밖에 없습니다."

"바로 그래서 부른 것이오. 서안에서 제일가는 사냥꾼이라 들었는데 맞소?"

왕삼의 표정이 크게 밝아졌다. 그는 처음으로 자신감 있게 말했다.

"사천당문 앞에서 감히 자랑할 것은 못됩니다만, 서안 사람들 사이에서는 그래도 꽤 알아줍니다."

범인은 무림인 앞에서 자신 있게 말하기는 어려운 법이다. 피월려는 왕삼의 눈빛에서 비치는 자신감을 보곤 그가 정말로 서안에서 제일가는 사냥꾼이라는 것을 믿을 수 있었다.

피월려가 물었다.

"사냥꾼이라 묻는 것인데, 혹 원숭이를 사냥해 본 적도 있으시오?"

"원숭이 말입니까?"

"그렇소. 꼭 원숭이가 아니어도 두 발로 걷는 동물이라면 어떤 것이든 좋소만."

왕삼은 잠시 생각하더니 말했다.

"두 발로 서는 동물이라면 흑곰을 사냥해 봤습니다만."

"흑곰? 곰이 두 발로 걷는단 말이오?"

"걷진 않습니다. 그러나 두 발로 서서 앞발질을 잘합니다. 사냥할 때는 마치 거인과 상대하는 기분이 드는 경우가 많습니다."

"흐음……."

"그, 저… 원숭이를 전문으로 사냥하는 놈을 한 놈 아는데, 그놈을 부르지 않으시겠습니까?"

피월려는 제갈미를 보더니 물었다.

"어때?"

제갈미가 말했다.

"뭐라도 더 있는 게 좋겠지."

피월려는 고개를 끄덕이며 동의하더니 왕삼에게 말했다.

"좋소. 친구도 데려오시오. 사냥에 일가견이 있는 다른 이도 있다면 부르고. 그들에게도 같은 보상을 약속하겠소."

왕삼의 표정이 처음으로 밝아졌다.

"당장 대령하겠습니다."

그는 곧 비독견들에게 이끌려 밖으로 나갔고, 피월려는 다시 책자를 집으려 했다. 그런데 제갈미가 그를 툭툭 건들더니 자기가 들고 있던 책을 내밀며 말했다.

"찾은 거 같은데?"

피월려가 그것을 보더니, 그 눈에 이채가 서렸다.

"맞네."

제갈미는 이마를 훔치는 시늉을 하며 말했다.

"좋아. 이젠 하나만 찾으면 되는 건가?"

"서둘러 찾으면 시간이 얼마 걸리지 않을 거야."

피월려와 제갈미는 다시금 주변의 책을 뒤적거리며 원하는 지식을 얻기 위해서 고군분투했다. 그들이 목적한 것을 찾았을 때쯤, 왕삼이 자기의 동료 둘을 더 데리고 사천당문에 도착했다.

세 명의 사냥꾼에게 한쪽 천막에서 기다리라고 말한 뒤, 임시 서재에서 나온 피월려가 전에 그에게 상황을 설명하던 중년 비독견에게 말했다.

"전부 파악했다."

그 중년 비독견은 믿을 수 없다는 듯 되물었다.

"설마 삼 일 만에 벌써 다 찾은 것이오?"

피월려는 자기 머리를 툭툭 치며 말했다.

"심공과 함께 명봉의 지혜를 빌렸으니, 삼 일이면 충분하지."

대수롭지 않게 말했지만 중년 비독견의 눈은 좀처럼 작아지지 않았다.

가도무에 의해서 사천당문의 전각 대부분에 불이 나고 사천당문의 무인들이 죽고 나서, 그나마 살아남은 이들은 잿더미가 된 전각을 돌며 책이란 책은 모두 쓸어 모았다. 정리는 차마 하지 못하였고 그저 산을 쌓듯 모아둔 곳이 바로 피월려가 나온 임시 서재였다.

사천당문의 지식은 지극히 방대하여, 열람이 허락된 비독견 개개인들조차도 전부 외울 수는 없었다. 그렇기에 살아남은 비독견들의 지식을 모아도 독경천의 모든 독물을 안다 자신할 수 없었다. 그들은 한데 모여 지식을 나누었고, 결국 본인들이 무엇을 얼마나 모르는지까지는 파악을 했었다.

덕분에 독경천 안에서 확실히 아는 곳과 모르는 곳을 구별할 수 있어서 가도무를 추격하는 데 불상사는 없었지만, 훨씬 쉬운 길을 두고 수십 번이나 돌아가야만 했었다.

독경지천의 가도무를 잡기 위해서 독경천의 지식이 피월려에게 새는 것까지는 감수했었고, 그래서 그에게 모든 것을 알려주었다. 그런데 웬걸, 그가 지식의 공백까지 모두 모아 채워주었다. 책을 모아놓은 임시 서재는 다량의 서적을 아무런 분별없이 마구잡이로 섞어놓은 곳이라, 그것을 정리하는 데만 몇 달이 걸릴지 미지수였다. 그런데 그런 산더미 속에서 자기가 원하는 지식을 삼 일 만에 뚝딱 찾아버린 피월려의 지혜는 중년 비독견도 평생 보지 못한 수준의 것이었다.

"대단하시오. 지혜가 남다르군."

피월려가 말했다.

"나는 사냥꾼들과 잠시 논의를 하며 옛 기억을 되살려야겠다. 적어도 내일에는 독경천으로 출발할 터이니, 그리 전해."

"알겠소."

피월려는 그 말을 남기고 세 명의 사냥꾼이 기다리고 있는 천막 안으로 들어갔다.

그곳에는 차를 홀짝이며 경계 어린 시선으로 그를 보는 세 명의 사냥꾼 말고도 다른 한 명이 더 있었다.

"주 대원?"

주팔진은 찻잔을 하나 피월려에게 건네며 말했다.

"드시겠습니까?"

"괜찮소. 그나저나 이곳에는 어쩐 일이오?"

주팔진이 사냥꾼들을 둘러보며 말했다.

"여기 계신 분들이 너무 긴장을 하는 것 같아 풀어주려 했습니다만. 제가 나가길 원하신다면 그리하겠습니다."

지난 삼 일간 제갈미와 피월려가 독경천의 지식을 탐구하는데, 비독견은 이상하게 주팔진에게만은 공개하기를 꺼렸다. 사실 그를 신용할 수 없는 건 둘째치고서라도, 이곳으로 그들을 인도한 것까지만 해도 그의 할 일을 마친 것이나 다름없었다. 때문에 피월려는 하는 일이 없던 그에게 영견을 데리고 독경천 주변과 사천당문 주변의 지형을 익히도록 지시했었다.

그의 입장에선 조금 소외감을 느낄 만하다.

피월려가 말했다.

"자리하셔도 상관없소. 어차피 재미없는 이야기니 인내심이 필요할 것이오."

주팔진이 어깨를 들썩였다.

"영견이 알아서 지형을 파악할 터이니 저는 어차피 할 일이 없습니다. 그냥 이야기를 듣는 걸로 심심풀이나 하지요."

피월려는 고개를 끄덕이곤 사냥꾼들 옆에 자리했다. 그리고 그를 초조한 눈길로 보는 세 명의 사냥꾼을 보며 이야기를 시작했다.

"특별히 어떤 일을 맡기진 않을 것이오. 사천당문에서 그대들에게 요구하는 건 사냥꾼으로서의 지식과 경험을 바탕으로 내가 하는 질문에 대답을 해주셨으면 하는 것이오."

그러자 왕삼이 물었다.

"정확히 무엇을 하려고 그러시는 겁니까?"

피월려가 대답했다.

"내가 곧 홀로 어떤 동물을 사냥하기 위함이오. 그것을 사
냥하기 앞서 무림인의 무공보다는 사냥꾼의 기술이 더 필요하
기에 익히려는 것이오."

왕삼과 두 명의 사냥꾼들은 표정이 어두워졌다. 곧 왕삼이
조심스럽게 말했다.

"가, 감히 무공을 얕잡아 보는 건 아닙니다만, 엽술(獵術) 또
한 하루아침에 배울 수 있는 것이 아닙니다. 더군다나 실전
없이 대화를 몇 마디 나누는 것으로는 거의 얻을 수 있는 것
이 없습니다."

피월려는 이해한다는 듯 말했다.

"물론 그렇소. 그러나 난 사냥에 대해서 전혀 모르는 사람
이 아니오. 내 아비가 사냥꾼이었고, 나 또한 어릴 적엔 그 사
냥을 도왔소. 그리고 홀로 사냥을 한 경험이 있소."

"어느 동물을 사냥하셨습니까?"

"호랑이오. 아비가 호랑이에게 역으로 당하여, 내 나이 열
한 살 때에 홀로 사냥을 나가 아비를 물어 죽인 백호를 죽였
소."

왕삼이 데려온 사냥꾼 중 한 명이 놀라 물었다.

"보, 보통 호랑이도 아니고 백호를 말입니까? 그것도 열한 살에?"

"그렇소."

"......"

백호는 새하얀 몸을 가진 호랑이다. 새하얀 몸은 그만큼 주변 환경과 동화되기 어려운 법이라, 포식자인 호랑이라 할지라도 살아남기 어렵다. 매번 사냥에 실패하다 채 다 자라지도 못하고 굶어 죽을 뿐이다. 그러나 만약 살아남았다면, 그만큼 압도적인 사냥 능력을 갖췄다는 뜻이며 동시에 다른 형제들과의 경쟁에서도 살아남을 만큼 강력한 신체 조건을 가졌다는 뜻이다. 뿐만 아니라, 가혹한 조건 때문에 갖게 된 영특함 또한 남달라 노련한 사냥꾼도 절대로 피하는 것이 백호다.

영물이 괜히 영물이겠는가.

피월려가 대수롭지 않다는 듯 말했다.

"믿지 못하여도 상관없소. 어찌 되었든 아비를 사냥꾼으로 두고 나 또한 백호까지 사냥한 경험이 있을 정도로 엽술에는 일가견이 있소. 다만 시간이 오래되어 기억하기 어려울 따름이오. 이를 일깨워 주길 바라오."

세 명은 말없이 서로를 쳐다보았다. 백호를 사냥했던 자가 무엇을 사냥하려고 하기에 이런 모임을 만든 것일까?

눈빛을 몇 번 교환하던 왕삼이 대표로 물었다.

"사냥하시려는 동물이 무엇입니까? 두발로 걷는다고 말씀하셔서 그런데……. 혹 야인(野人)입니까?"

야인이라 말하는 어조가 이상하다. 피월려는 그가 말한 야인이란 단어가 통상적으로 알려져 있는 뜻과는 다른 의미를 말한다고 느꼈다.

"무슨 의미로 야인이라 말하는 것이오?"

그의 질문에 조금 주저하던 사냥꾼이 나지막하게 대답했다.

"가끔 산에 버려지는 아이 중 홀로 자연에서 생존하는 경우가 있습니다. 사람의 예도 모르고 말도 모르지만 사람의 피가 어디 가진 않는지 그 지혜가 다른 짐승과는 남다릅니다. 게다가 거친 야성까지 갖추어 참으로 골치 아픈 녀석이지요."

피월려는 잠시 고민하더니 고개를 끄덕였다.

"그것과 비슷하다 할 수 있소. 본래는 사람이나 짐승에 가까운 것이오."

세 명의 사냥꾼들은 침을 꼴딱 삼켰다. 그중 또 다른 한 명이 말했다.

"야인을 사냥하는 건 몇십 년간 사냥을 해온 사냥꾼에게도 목숨을 걸어야 하는 일입니다. 백호와는 또 다른 이야기입니다."

"사냥해 보신 적이 있으시오?"

그들은 또다시 서로 눈치를 보았다. 그러다가 이내 왕삼이
말했다.

"전 사냥해 봤습니다."

"자, 자네……."

"살인이라 말하고 싶은 건가?"

"……."

"솔직해지세. 우리만큼 뛰어난 사냥꾼 중 야인과 한 번도
마주치지 않은 사람은 없다고 보네만. 그것만큼 영역이 넓은
생물도 없어. 산 하나를 통째로 자기 소굴로 삼는 호랑이보다
더 넓은 영역을 가지지. 한 지역에 야인이 존재하는 한 제대
로 된 사냥이 불가능하다는 건 자네들도 잘 알지 않나. 사냥
꾼과는 어쩔 수 없는 천적 관계야."

그때, 가만히 말을 하지 않던 사냥꾼이 입을 열었다.

"나도 죽였었네."

"자, 자네도?"

"내 경우에는 큰 형님의 복수를 한 것이지."

"자네 큰 형님은 곰에게 죽었다고 하지 않았나?"

"거짓말일세. 복수를 위해 그 야인을 죽였으나, 근본적으로
살인이니 그리 둘러댄 것일세."

"……."

피월려는 사냥꾼들이 말하는 야인의 존재에 대해서 대강 알 것 같았다. 무공을 배웠다는 점을 뺀다면 가도무도 크게 다를 것이 없었기에, 야인의 사냥법을 들으면 필히 도움이 되리라 생각했다.

"그럼, 각각 야인을 사냥했던 경험을 말해주시오. 그 와중에 무엇이 달랐는지, 무엇이 특별했는지, 모두 말이오. 그 경험들만 상세하게 설명해 준다면, 사천당문에서 거금을 들고 두 발로 무사히 걸어 나갈 수 있을 것이오."

피월려의 말이 끝나자 왕삼부터 자기의 경험을 설명해 주었다. 그들은 서쪽의 사냥꾼이었기 때문에 피월려가 알던 북쪽 사냥꾼의 용어와는 다른 용어들을 자주 사용했다. 그래서 피월려는 하나하나 물어가며 기억을 짜 맞추어 나갔다. 그러면서 야인을 사냥하는 데 중요한 부분들을 하나둘씩 익혀 나가니 이야기가 좀처럼 흐르지 못했다.

몇 시진이나 흘렀는지, 해가 지려는 시각까지 되었다. 그럼에도 이야기의 절반도 끝나지 않았다. 피월려는 사냥꾼들이 배고파 한다는 사실을 눈치채고 식사에 대한 말을 꺼냈다.

"일단 밥을 먹고 더 하도록 합시다."

사냥꾼들은 연신 고개를 끄덕였다.

"예, 예."

그렇게 모여서 밥을 먹고 있는데, 갑자기 원설이 피월려에게 전음으로 말을 걸어왔다.

[대주님.]

피월려가 중얼거렸다.

"말해."

[진 소저가 찾아왔습니다.]

"뭐?"

[진설린 소저가 사천당문에 들어왔다고 방금 주팔진 대원이 전음을 보냈습니다.]

"린 매가?"

피월려는 자리에서 일어났다. 영문도 모르는 채 그를 올려다보는 세 명의 사냥꾼의 시선을 뒤로하고 피월려가 천막 밖으로 나갔다. 그러자 정말로 저만치 떨어진 곳에서 성큼성큼 걸어오는 진설린이 눈에 보였다.

뭔가 심상치 않다.

피월려는 진설린의 뒤에서 그녀를 붙잡으며 그녀의 걸음을 말리는 제갈미와 눈이 마주쳤다. 제갈미는 눈을 찡그렸고, 피월려는 뭔가 일이 단단히 잘못되었다는 것을 느꼈다.

진설린이 얼음처럼 차가운 표정으로 피월려 앞에 섰다.

"잤어요?"

"무, 무슨……"

진설린은 손을 탁 하고 뻗으며 제갈미를 가리켰다.

"이 여자랑 잤냐고요!"

피월려는 순간 혼이 빠지는 것 같아 양손을 펴 보이며 말했다.

"잠깐! 잠깐! 이게 무슨 상황이오. 린 매. 갑자기 무슨 말을 하는 것이오? 아니, 애초에 여긴 어떻게 오셨소?"

진설린은 눈을 가늘게 뜨며 말했다.

"부교주님의 소식을 들었어요. 때문에 월랑은 음양의 불균형을 해결할 수 없게 되었잖아요. 그래서 즉시 귀환할 줄 알고 지부에서 기다렸는데, 사천당문으로 가셨다고 말을 들었어요. 그 때문에 제가 얼마나 걱정한 줄 알아요? 당장 지부에 뛰쳐나와 여기까지 쉬지 않고 달려왔어요."

"……."

"적현 오라버니께선 십 일 치의 단약만 주셨다 했어요. 한 달 이상이나 지난 지금은 단약을 모두 사용했다고 하더라도 진작 내력이 폭주했을 거예요. 그런데 어떻게 월랑은 아직까지 멀쩡히 살아 있을 수 있죠?"

"……."

"그리고 왜 제갈미는……. 왜 제갈미에게 천음의 기운이 느껴지는 건데요?"

양기를 보충받아 조화를 이룬 제갈미는 더 이상 천음지체의 기운을 기문둔갑으로 숨길 수 없었다. 뼈와 살이 붙고 하루가 다르게 미모가 더해지는데, 이를 같은 천음지체이자 극음귀마공을 익힌 진설린이 느끼지 못할 리가 없었다.

"……."

피월려는 말이 없었다.

제갈미도 고개를 돌렸다.

진설린이 냉담한 목소리로 다시 물었다.

"대답해요. 잤어요?"

피월려는 진실을 말했다.

"잤소."

"……."

"변명하지 않겠소."

진설린은 그 의미를 파악할 수 없는 깊은 눈빛으로 피월려를 빤히 보았다. 피월려도 같이 마주 보았다. 용안심공으로 보호되는 피월려의 정신은 차분하기 그지없었고, 때문에 그의 눈빛은 공허해 보일 정도로 감정이 없었다.

진설린의 냉담한 표정이 점차 엷어지며 무표정이 되었다.

그녀가 입을 열고 말을 꺼냈다.

"당신은 정말로 내 것이 되지 않는군요."

제갈미는 온몸에서 돋는 소름에 주저앉을 뻔했다. 그 목소리는 소름이 끼칠 정도로 무미건조했다.

피월려가 대답했다.

"심공의 영향일 뿐이오."

"지긋지긋한 말."

"가는 길 살펴 가시오."

진설린은 미련 없이 몸을 돌렸다.

그러고는 터벅터벅 걸어 나갔다.

그 모습을 본 제갈미가 중얼거렸다.

"저, 저렇게 보내면 독진에……."

피월려가 말을 잘랐다.

"강시의 몸이니 독이 통하지 않을 거야."

"……."

"골치 아프게 됐군."

피월려는 얼굴을 찡그리며 턱을 쓸었다. 그런 그를 보는 제
갈미의 시선은 마치 괴물을 보는 듯했다.

"어, 어떻게 이렇게 태연해?"

"호들갑을 떨어서 달라진다면 벌써 떨었을 것이다."

"너……."

피월려는 관자놀이에 손을 짚으면서 중얼거렸다.

"하아, 머리 아프군. 넌 신경 쓸 거 없어."

제갈미는 피가 나도록 입술을 꽉 깨물었다. 아무리 생존을
위한 일이었다고 해도, 그녀는 그 일에 죄책감을 느끼고 있었
기 때문이다. 그러나 피월려의 표정에는 일말의 죄책감도 찾

아볼 수 없었고, 그걸 주시하던 제갈미는 한마디 하지 않을
수 없었다.

"냉혈한."

"칭찬으로 듣지."

피월려가 몸을 돌려 마치 아무런 일도 없었다는 듯 다시
천막으로 걸어갔다. 그러나 그의 머리는 복잡해지기 시작했
다.

극양혈마공의 양기를 억제할 방법은 있다. 음기가 강한 단
환을 먹으면 된다. 또한 여인과의 음양합일로 음기를 흡수하
면 상당히 안정화된다. 그러나 짝이 되는 극음귀마공과의 음
양합일 없이는 결국 양기가 쌓이고 쌓여 죽게 될 것이다. 게
다가 보통 여인이 극음귀마공을 익힌다고 하더라도 이미 극양
혈마공의 십 성에 이른 피월려의 양기를 온전히 감당하기 어
려울 것이다.

극음귀마공을 익힌 천음지체, 혹은 극음귀마공을 피월려와
같은 수준으로 익힌 여인.

이 까다로운 조건을 가진 여인과 지속적인 음양합일이 아니
라면, 피월려 자신이 가도무처럼 되는 건 시간문제이다.

음양의 불균형으로 인한 일종의 주화입마. 영약과 여인들과
의 음양합일로 처음은 버틸 것이다. 그러나 서서히 이성이 사
라지고 마성이 자리 잡으면서 영약에 중독된 채 죄 없는 여인

을 강간하며 세상을 떠돌아다니는 괴물이 될 것이다.

가도무가 동변상련을 느낀다고 했던가?

이를 완전히 해결할 수 있는 여인이 진설린 외에 누가 있으랴.

그 와중에 원설이 그에게 전음을 보냈다.

[한 가지 더 소식이 있습니다.]

"꼭 지금 들어야 하오?"

[머리가 복잡하신 건 알지만, 앞으로의 일에 지장을 줄 수 있습니다.]

"말하시오."

[진 대원과 동행한 마조대원의 말에 의하면 본부에서 있었던 북자호 장로와의 생사혈전에서 박소을 지부장님이 승리하셨다고 합니다.]

뜻밖의 소식에 피월려는 발걸음을 멈췄다.

"그리고?"

[북자호 장로는 죽고, 박소을 지부장께서 북자호 장로를 대신하여 외총부주에 오르셨습니다. 따라서 천마신교의 모든 지부는 박소을 장로님에게 부속되며 모든 지부장의 직속상관이 되셨습니다.]

"상태는 어떠시오?"

[북자호 장로를 일권(一拳)에 사살하셨다 합니다. 피해는 없

으십니다.]

　원설의 전음은 조금 들떠 있었다. 그녀는 박소을의 승리를 매우 기쁘게 생각한 것이다. 그러나 피월려에게 딱히 큰 감흥은 없었다. 박소을이 죽으나 사나 피월려에겐 어차피 험난한 미래가 있을 뿐이기 때문이다.

　"구 할이 양패구상인 천마급의 싸움이라더니……. 북자호 장로가 상대적으로 젊다 해도 그렇게 무력하게 당할 리가 있나."

　[같은 천마급이라 해도 그 차이가 분명히 존재하는 것으로 보입니다.]

　"혹은 그 외에 다른 것이 있을 수도 있지."

　[…….]

　"그래서, 지부로는 복귀하셨소?"

　[아닙니다. 본부에 남아계십니다.]

　"외총부주라 본부에 남아계셔야 하는 것이오?"

　[그것보다는 북자호 장로의 죽음 이후, 그의 직속 부하 세 명이 즉시 박소을 지부장님께 생사혈전을 신청했습니다. 그들을 모두 격퇴하시고 안정적으로 외부총부의 자리를 이어받으셔야 움직이는 것도 가능하실 듯합니다.]

　"세 명이나? 머리가 이상하지 않고서야 모두 천마급임을 숨긴 고수들이겠군. 교주의 자리를 노려봄 직한 자들인데도 불구하고 장로와 생사혈전을 하려 한다면, 이는 분명 사적인 원한 때문일 것이오. 북자호가 부하들에게 그 정도로 신망이 두터웠소?"

[북자호 장로는 젊은 마인들 사이에서는 전설적인 마인이었습니다.]

피월려는 전에 보았던 그를 상상했다.

"천서휘랑 비슷한가 보군."

[그… 렇습니다.]

"알았소. 소식이 들어오는 대로 더 알려주시오."

[존명.]

피월려는 천막 안으로 들어가 그를 기다리고 있는 사냥꾼들과 식사를 마치고 다음 날의 해가 뜰 때까지 대화를 이어나갔다.

*   *   *

독경천의 본격적인 탐사는 삼 일 뒤에나 시작되었다.

독경천에서 피월려가 해야 할 일은 가도무를 사냥하는 것. 이에 필요한 가장 중요한 두 가지는 독물에 관한 이해와 사냥에 관한 이해였다.

비독견들은 사냥에 관한 지식이 없었기에 가도무를 잡을

수 없었고, 사냥꾼들은 독물에 관한 지식이 없었기에 가도무를 사냥할 수 없었다.

그 두 가지를 모두 갖춰야만 가능한 일인 만큼 피월려는 잠시도 배우는 걸 쉬지 않았다. 진설린과의 일이나 박소을의 일은 모두 마음속 깊은 곳에 묻어둔 채 오로지 지식 습득에만 매달리며 시간을 쏟아 부었고, 삼 일이 지난 지금에야 자신감을 가질 수 있었다.

일행은 간단했다. 피월려에게 가장 호의적이었던 중년의 비독견이 맨 앞에서 앞장섰고, 그 뒤로 피월려와 원설이 따라붙었다. 그리고 그 뒤를 졸졸 따라오는 영견까지. 피월려가 판단한 가장 이상적인 삼인일견(三人一犬)의 일행이었다.

제갈미도 같이 가겠다고 떼를 썼지만, 무공을 모르는 제갈미가 얼마나 힘이 될 지는 미지수였고, 독경천 내부에서만큼은 그녀의 지혜보단 비독견의 지식이 더 앞서리라는 판단도 있었다. 사냥꾼들도 독경천에는 절대 들어가지 않겠다며 벌벌 떨었는데, 그런 상태라면 억지로 데려가도 짐만 될 것이 분명했다.

주팔진은 영견과 그 영견을 다룰 수 있는 특별한 신물을 피월려에게 주었다. 그 신물은 사람의 코로는 절대 맡을 수 없는 냄새를 풍기는데, 영견이 이를 지닌 사람을 주인으로 인식한다는 것이다. 피월려가 그것을 받자마자 그 영견은 놀랍게도 피월려의 명령에 복종하며 그를 완전히 주인으로 여겼다.

그 뒤, 주팔진은 자기가 여기에서 더 할 일이 없다며 낙양 지부로 복귀하겠다는 의사를 밝히고는 사천당문을 떠났다. 피월려는 주팔진의 숨은 의중이나 그가 떠나는 시점까지도 파악할 수 없었다.

피월려는 원래 원설도 떼어놓으려 했다. 그러나 그녀는 자기의 비도 솜씨를 보여주며 독물 중에 벌레만큼이나 몸집이 작은 것들에게는 검보다는 비도가 더 효과적이라며 따라가겠다고 주장했다. 논리적인 이유였고, 또한 같은 혈교인인 만큼 가도무와의 조우에서 말이 새어 나갈 가능성이 적었기 때문에 피월려는 그녀의 의견을 받아들였다.

"앞으로는 경계를 늦춰서는 안 되오."

독경천의 중턱에서 비독견은 그렇게 말했다. 피월려는 기감을 열어 주변을 살폈는데, 특별히 달라진 점을 느낄 수 없었다. 특이할 것이 없는 산속 풍경. 나무도 풀도 땅도 평범하기 그지없었다.

"겉모습은 평범해 보이는데. 독경지천에 들어선 건가?"

피월려의 질문에 비독견이 대답했다.

"그렇소."

"다른 점을 전혀 느낄 수 없다고 읽었는데 과연 그렇군. 기감으로도 다른 점을 파악하기 어려워."

"독경지천의 독물들은 사람을 두려워하기는커녕 그저 먹이로 생각할 것이오. 지금까지처럼 편안한 산보는 이제 없소."

이곳의 독물들을 도구처럼 사용하는 비독견이 그렇게 말했다면 그런 것이다. 피월려는 검을 붙잡은 손에 힘을 주며 주변을 경계하기 시작했다.

한 발.

두 발.

걸음을 옮겨 위로 올라갈 때마다 주변 환경이 급격하게 변하기 시작했다. 남만에서나 볼 수 있을 법한 웅성한 나무들이 산턱을 모두 잡아먹었고, 코에서 느껴지는 습한 공기는 마치 자욱한 안개 속에서 호흡하는 듯했다. 대지와 산이 어우러진 것이, 자연의 생기가 눈앞에서 꿈틀거리는 것 같았다. 그리고 그 꿈틀거림은 당장에라도 생명을 토해낼 듯했다.

쉬이익!

검은 풍뎅이. 한 가지 다른 점이 있다면 머리 중앙에 솟아난 뿔이 핏빛으로 빛나고 있다는 점이었다. 그 크기도 중원의 것과는 비교도 할 수 없을 만큼 커서 성인 남성의 한 손으로도 다 집을 수 없는 크기였다. 그 풍뎅이는 비독견의 미간을 향해 빠른 속도로 날아갔는데, 풍뎅이의 뿔이 비독견의 이마에 닿을 찰나, 비독견의 팔이 눈에 보이지 않는 속도로 움직였다.

휙!

피월려는 그 움직임을 기억해 냈다. 전에 배 안에서 비독견 둘과 싸울 때, 양손에 침을 뽑아 들고는 마치 살아 움직이는 뱀처럼 공격하던 그 무공. 그것이 다시금 눈앞에서 펼쳐졌다. 속도와 정확성은 말할 것도 없고, 마치 다른 생명체라도 된 듯한 양손의 신묘한 움직임은 감탄이 절로 나오게 만들었다.

머리, 가슴, 배, 두 개의 침은 정확히 그 사이를 갈라 버렸고, 풍뎅이는 그대로 땅에 추락했다. 그 와중에 비독견은 다시금 손을 돌려 양 침으로 풍뎅이의 머리를 살포시 집었다. 그러고는 허리춤에서 호리병 하나를 꺼내어 그 속에 넣었다.

"온 김에 채집하겠소."

풍뎅이의 가슴과 배에 난 깨끗한 단면을 보던 피월려가 대답했다.

"신묘한 침술이군. 더 구경할 수 있다면 나야 나쁠 것 없지."

"혈각귀자(血角龜子)는 비경지천에서도 보기 힘든 놈이오. 이놈의 출현을 근거로 이 주변의 생태계를 추론하는 것이 좋겠소."

피월려는 고개를 끄덕었다.

비경지천에는 수만 가지의 독물이 모여 살고 있었는데, 그 모든 독물이 살아가기에는 턱없이 작은 지역이었다. 다만 비정상적인 음기와 양기로 생기가 충만하여 그것이 가능하게 된 것이다. 따라서 그 안의 생태계는 매우 복잡하게 돌아가고 있으며, 이를 이해함으로 하나의 독물이 출현한 것을 가지고 주변 환경을 파악하는 것도 가능했다.

비독견은 품속에서 책자를 꺼냈다. 사천당문은 비경지천의 독물들을 생존 특성을 고려하여 다양한 방법으로 분류했는데, 그것을 정리해 놓은 책자였다.

"혈각귀자… 혈각귀자……. 찾았소. 음혈성(陰血性) 지자생(地滋生)이오."

피월려는 삼 일간 공부한 내용을 머릿속으로 그리며 중얼거렸다.

"이상하군."

"무엇이 말이오?"

"지금 팔월 아닌가? 입추(立秋)가 지난 지 이제 막 삼 일인데. 음혈성 생물이 사냥을 한다고? 뿔을 채집한 걸 보면 다 큰 놈 아닌가?"

"그렇소."

"음혈성 곤충이, 그것도 성충이 이리 돌아다니는 것이 이상하지 않나? 지금은 눈에 보이지도 않아야 할뿐더러 있다 해도 다 유충이어야지."

잠시 고민한 비독견은 피월려의 의견에 동의했다.

"낙성혈신마의 말이 맞소. 그리고 지자생인데 지금 이곳에 있는 것도 이상하고."

"그러니까. 하늘이 이렇게 맑은데, 여기가 꽉 막힌 동굴도 아니고."

"그럼 이놈은 자기가 살던 동굴에서 밀려난 놈일 것이오."

"그럼 동굴로 가야겠군. 그것도 음기가 강한 쪽으로."

"음기가 강한 동굴이라면 용암이 거치지 않는 쪽이니, 동쪽에서 찾아야 할 것이오."

"좋아. 이렇게 비정상적인 부분들을 쫓아가다 보면, 결국 그 중심에는 가도무가 있을 것이다."

그들은 그렇게 동쪽으로 향했다. 사람이 걸을 수 없는 울창한 숲이 있다 보니, 나뭇가지를 쳐내면서 움직여야 했다. 비독견은 미리 준비한 월도(月刀)를 휘두르며 길을 만들었다.

동굴은 쉽게 찾을 수 있었다.

다만 문제는 그 앞에서 웅크리고 있는 뱀이었다. 전체적으로 노란 비늘을 가지고 있었는데, 머리 가운데 마치 눈이 하나가 더 있는 것 같은 무늬가 있었다.

"삼안섬사(三眼蟾蛇). 저놈이 왜……."

긴장한 목소리라 피월려가 그를 돌아보며 물었다.

"무슨 뱀이지? 극독이라도 있나?"

"……."

"말해봐."

그는 천천히 주변을 보면서 말했다.

"위험한 건 저놈이 아니오. 저놈과 공생하는 묘두응(猫頭鷹)이오."

"묘두응이라 함은……."

"밤낮도 없고 부리에 독을 품는 변종이오. 말을 아끼는 게 좋을 듯하오. 소리에 특히 민감하……."

그는 입을 멈추었다. 마치 그대로 시체가 된 듯 미동조차 없었다. 피월려가 그의 시선을 따라가 보니, 거기에는 땅속에 두 발톱을 박고 고개를 반쯤 돌리며 귀를 간지럽히는 소리를 내는 묘두응이 있었다.

꾸루루, 꾸루루.

목소리만 들으면 어린아이가 애교를 부리는 것 같다. 한 번씩 울음소리를 낼 때마다 머리를 팽그르르 돌리는 것이 한번 쓰다듬고 싶을 정도로 귀여웠다.

하지만 비독견의 눈빛은 마치 염라대왕이라도 마주한 듯 그 속에 긴장감이 가득했다. 아니, 긴장감을 넘어 두려움이라 봐도 무방할 정도였다.

피월려는 검을 꽉 쥐며 마음을 다잡았지만 이내 검을 검집에 넣었다. 독극을 품은 생물들은 대부분 곤충이나 뱀 종류이기에, 비독견의 침술이나 원설의 비도가 효과적인 반면 사람을 상대하기 위해 만든 병기인 검은 그리 효능이 없기 때문이다. 그가 지닌 검은 가도무를 상대하기 위한 것. 지금 여기서 날이라도 상했다가는 가도무를 보지도 못하고 다시 돌아가야 할 것이다.

피월려가 검집에 검을 넣는 것을 보던 원설은 이와 같은 그의 생각을 알아채고는 모습을 드러냈다. 그리고 전음으로 피월려와 비독견에게 말했다.

[제가 앞에 서겠습니다.]

그 순간이었다.

"전음은 안 되……."

비독견의 말이 끝나기도 전에, 그 묘두웅의 고개가 뚝 하고 떨어졌다. 마치 목이 잘려 버린 것 같은 느낌이 들어 묘한 섬뜩함을 주었는데, 그보다 더한 건 그 떨어진 목이 점점 크기가 부풀어 올라 제 몸을 감싸고도 남을 정도로 커진 것이다.

비독견이 한 발을 앞으로 뻗으며 침을 찔렀다. 그러자 그 커진 머리가 쿵하는 소리를 내며 위로 올라갔다.

펄럭!

피월려는 얼굴을 때리는 강한 바람에 숨을 덜컥 삼킬 수밖에 없었다.

제자리에서 얼굴이 커진 것처럼 보였지만 실상은 앞으로 날아온 것이다. 단지 그 날아오는 각도가 너무나 정확한 일직선

임과 동시에 피월려의 귀로도 간파하지 못할 정도로 조용히 날아올랐기 때문에 흡사 제자리에서 얼굴만 커진 것처럼 보인 것이다.

비독견이 손을 내질러 쫓아내지 않았다면, 피월려는 그대로 안면을 가격당했을 것이다.

"으음."

비독견은 침음을 흘리며 왼손으로 허리춤의 작은 노끈을 풀었다. 그리고 재빨리 오른쪽 검지손가락 마디를 강하게 막았는데, 얼마나 강하게 묶는지 손가락 마디의 뼈가 이상한 각도로 뒤틀릴 정도였다.

파파팟!

원설이 서너 개의 비도를 하늘에 쏘아 보냈고, 그중 하나가 묘두응의 날개에 적중했다. 그 묘두응은 어린아이의 비명과도 같은 소리를 내지르며 추락했고, 피월려는 그 순간 뒤에서 느껴지는 강력한 살기에 극양혈마공을 끌어 올려 대비했다.

스르륵!

아까 보았던 삼안섬사가 어느새 여기까지 기어왔는지 당장에라도 독니를 꺼내들고 달려들 기세였다.

피월려는 극양혈마공으로 양기를 손에 집중시키고는 단숨에 그 뱀의 머리를 낚아챘다. 아무리 독물이라고 하나 피월려의 손아귀에서 벗어날 정도는 되지 못한 듯싶었다.

피월려는 아귀에 힘을 주어 그대로 질식시키려 했다. 그 뱀은 막 죽기 직전 입을 벌리고 독니에서 독을 쏘았다.

찌— 익!

피월려는 고개를 싹 돌리며 독액을 피했는데, 조금만 늦었어도 피부에 닿을 뻔했다. 그는 뱀을 땅에 내동댕이쳤다.

"잠시."

원설이 손바닥을 뻗으며 가만히 있으라는 시늉을 했다. 피월려가 제자리에 가만히 있자, 그녀는 비도를 이용하여 피월려의 머리카락 한 뭉텅이를 잘라내었다.

"독액이 묻었습니다."

그녀가 잘라낸 머리카락은 이미 노랗게 변색이 되어 있었다. 그 정도로 그 독액은 실로 엄청난 독기를 지니고 있었다.

묶은 손가락의 끝을 물어뜯고는 그 상처 안의 피를 계속해서 빨아내던 비독견이 말했다.

"묘두웅의 청각의 범주는 사람의 그것보다 훨씬 넓소. 전음을 사용하면 오히려 위치를 더 자세하게 파악할 것이오."

원설은 묘두웅이 갑자기 공격한 이유가 그녀의 전음이라는 사실을 알게 되고는 부끄러움에 고개를 숙였다.

피월려는 주먹을 몇 번 쥐어보며 이상이 없나 확인했다.

"그 손가락은 어떤가?"

비독견은 자기 손가락을 들어 보였는데, 그 손가락은 피가 모두 빠져 노랗다 못해 새하얀 색이었다.

"반각을 지켜봐서 피부색이 변색되지 않는다면 괜찮은 것이오."

"그럼 지켜보고 괜찮다면 속행하고, 변색된다면 돌아가지."

"변색된다면 그걸로 끝이오. 이미 해독제를 구하긴 글렀소. 잘라내고 그냥 속행해도 될 것이오."

"침술에 영향이 있지 않은가?"

"아무래 한쪽 손으로는 펼치지 못할 듯싶소."

"그럼 돌아가는 게 좋겠다. 다른 비독견과 함께 다시 와야지."

"……."

자기 손가락을 걱정해 주는 것이라 생각했던 비독견은 할 말이 없었다. 단지 침술이 약해지기 때문이라니……. 누가 천마신교 마인이 아니랄까 봐.

"반각 동안 있어야 한다면 영견에게 지형이라도 익히라 할까?"

원설이 반대했다.

"저 영견이 지형을 읽는 데 일가견이 있다 해도, 독물들과 맞닥뜨리게 된다면 어찌 될지 모릅니다. 길을 잃을 때를 대비해서 그냥 데리고 있는 것이 좋을 겁니다."

"흐음. 생각해 보니 그게 좋겠어."

피월려 일행은 반각 동안 동굴 앞에서 기다렸다.

다행히 비독견의 손가락 피부는 변색되지 않았고, 그 비독견은 손가락 마디에 묶었던 끈을 풀고 손가락뼈를 다시 맞추었다.

으드득, 으드득.

태연하게 앉아 뼈를 맞추는데, 피월려나 원설이나 얼굴에 전혀 감흥이 없었다. 당연한 것을 보는 듯 비독견을 바라보고 있었고, 그 무심함에 오히려 비독견이 놀랐다. 실력을 떠나 나이로만 본다면 원설과 피월려는 묘령과 약관의 남녀 고수다. 경험이 부족할 수밖에 없는 그 어린 나이에 이런 평정심을 유지하며 독경지천이라는 사선을 넘나들고 있으니, 이는 백도의 어느 후기지수들도 감당하기 어려운 일이었다.

비독견은 새삼스레 왜 천마신교가 무림통일이라는 허망한 꿈을 꾸는지 이해할 수 있을 것 같았다. 적어도 그들에겐 허망한 꿈이 아닌 것이다.

"다 되었소."

비독견의 말에 피월려가 자리에서 일어났다. 그리고 그들은 동굴 입구 쪽으로 진입하여 동굴 안으로 들어섰는데, 몇 발걸음 걷는 것만으로도 땅에서 한기가 올라올 정도로 추운 곳이었다.

밖은 남만에 가까울 정도로 습하더니, 이젠 북방의 얼음 동굴을 연상케 했다. 피월려는 땅을 고루고루 살피며 흔적을 찾았는데, 한쪽에 보이는 흙더미를 보고는 비독견에게 말했다.

"잠시."

"왜 그러시오?"

피월려가 다가간 곳의 흙더미엔 얼음 결정이 껴 있었다. 그는 그것을 자세히 관찰하고는 코를 가까이 가져가 냄새를 맡았다.

"역시 인분(人糞)이다."

"인분? 냄새로만 그걸 어찌 판별하실 수 있소?"

"아무리 아비가 사냥꾼이지만 내가 그런 수준까지 이르지는 못했다. 다만, 이게 인분이라는 것만 알 뿐이다."

"그럼 그게 사람의 것임은 어떻게 안 것이오?"

"크기를 봐라. 이건 적어도 사람의 크기를 지닌 짐승이다. 네 발로 걷는 거지. 근데 그런 생물이 독경지천에 있겠나? 사람의 크기를 가지고 네 발로 걷는 동물 중 독을 품은 생물은 없지 않나?"

"……"

"그러니 사람이지. 가도무의 인분이야, 이건."

"그러한 이유라면 딱 그리 확신할 순 없소."

"그 뱀과 부엉이가 왜 거기에 자리하고 있었다고 생각하나? 동굴로 들어오는 생물을 사냥하려고? 아니, 그 반대야. 동굴에서 쫓겨 나오는 생물을 사냥하려고 입구에 있었던 것이지. 그럼 생물들이 왜 동굴에서 쫓겨 나오겠나? 동굴의 터줏대감 때문이다."

"그것도 추측에 불과하오."

"음한 동굴인 것도 그렇다. 가도무의 본신 내력은 극양의 내공. 이를 식히기 위해서라도 이런 동굴에서 살아야 한다."

이것까지는 반박할 수 없었는지 비독견은 아무런 대답을 하지 않았다. 그는 침묵을 지키다가 곧 말을 꺼냈다.

"이곳은 독경지천의 산 아래 존재하는 자연 동굴이오. 그리고 또한 용암이 피해가는 지역이라 극도로 음한 곳이기도 하오. 낙성혈신마의 추리와 더불어 추측하자면, 가도무가 이곳에 있을 확률이 높은 건 사실이겠소."

"오늘은 일단 눈으로 확인하자. 그래야 확신을 가지고 포위망을 세우든 할 테니. 가자."

일행은 더욱더 깊은 동굴 속으로 들어갔다. 앞뒤좌우는 물론이고 상하까지 미로처럼 꼬여 있는 동굴의 길은 도저히 머릿속으로 이해할 수 없을 정도로 복잡했다. 그러나 일행에게는 영견이 있어, 그 영견의 도움을 받아 충분히 가지 않았던 새로운 길로 막힘없이 나아갈 수 있었다.

한 시진을 더 들어갔을까? 드디어 다시금 단서가 될 만한 것이 나왔다.

반쯤 베어 먹힌 박쥐가 종유석에 대롱대롱 매달려 있었던 것이다. 머리에서 몸통 부분이 동그랗게 잘려 나갔고, 간신히 그릇 형태로 남은 몸뚱어리에 날개와 다리가 붙어 있었다. 한 입에 덥석 물고 그대로 찢어버린 것이다.

피월려는 그것에 가까이 가 자세히 살펴보았다.

"이 이빨 자국은 사람의 것이 확실해. 송곳니로 찍힌 자국이 양쪽에 하나밖에 없군. 그리고 이쪽 날개가 안쪽으로 꺾인 것과 손가락 크기의 구멍이 크게 난 것을 보니, 입에 문 채 손으로 잡아 뜯은 거지."

그는 검을 천천히 뽑았다. 먹이가 나온 이상 언제라도 가도무가 튀어나온다 해도 이상하지 않았기 때문이다.

그때부터 그들은 은밀한 발걸음으로 주변을 탐색하기 시작했다. 당장에라도 전투가 시작돼도 즉시 임할 수 있게 만반의 태세를 갖추었다. 그러나 그만큼 속도가 늦어져, 시간이 점차 지연되고 있었다.

얼마나 오랜 시간이 지났는지, 시간 감각이 애매한 동굴에서는 가늠하기조차 어려웠다. 피월려를 제외한 원설과 비독견이 더 이상의 탐색은 의미가 없다고 생각할 정도로 오랜 시간을 움직였다. 그러나 피월려는 어떤 확신이 있는지 귀환 명령을 내리지 않고, 탐색하는 것을 멈추지 않았다.

그는 시간이 지나면 지날수록 더욱 탐색에 빠져들어 앞장섰고, 그 뒤에 선 원설과 비독견이 서로의 눈을 마주치며 말 없는 대화를 주고받았다.

그런데 갑자기 피월려가 널찍하게 솟아오른 종유석 위로 천천히 기어 올라갔다. 그는 그 작은 종유석 끝에 몸을 숨기고는 반대편을 바라보더니 이내 고개를 돌려 입술을 움직여 소리 없이 말했다.

가도무다.

원설과 비독견은 긴장의 끈을 놓지 않은 채, 피월려의 양옆으로 천천히 기어 올라갔다. 그리고 그 둘이 빠끔히 고개를 내밀자, 그 종유석 아래로 십여 장이나 될 법한 가파른 절벽이 나타났다.

자연 동굴의 거대한 동공. 그 중앙에는 그 넓이와 깊이를 알 수 없는 거대한 호수가 있었고, 그 위로 간간히 떨어지는 물방울 소리가 이 광대한 동공에 메아리처럼 울려 퍼졌다. 반사된 햇빛이 동공을 전체적으로 비추고 있었는데, 그 온기가 안에 까지는 미치지 못하는지, 호수에서부터 올라오는 한기가 동공 전체를 감싸고 있었다. 숨을 쉬는 것만으로도 코에서부터 폐까지 뻥 뚫리는 것 같은 청아한 공기는 그 맑음에 있어 무엇과도 비교하기 어려웠다.

그리고 그런 호숫가 한쪽에, 가도무가 몸을 안쪽으로 웅크리고 있었다.

백발이 온몸을 뒤덮고 있었고, 썩은 헝겊이라 해도 좋을 천 쪼가리만이 그의 마른 몸을 겨우 가리고 있었다. 뼈가 갑주처럼 징그럽게 튀어나와 근육을 감쌌으며, 회색빛이 감도는 죽은 피부 곳곳에 거미줄처럼 난 붉은 핏줄만이 심장박동에 따라 꿈틀거렸다. 수시로 붉어지고 검어지기를 반복하는 그 혈관이 아니라면, 도저히 살아 있는 생물이라 생각할 수 없는 몰골이었다.

그러나 그런 모습은 하나도 피월려의 눈에 들어오지 않았다. 그의 눈이 고정되어 있는 곳은 가도무의 등뼈에서 솟아난 뿔 같은 꼬리였다. 단단한 재질인지 곧게 하늘 위로 선 그 꼬리를 본 피월려는 그것이 무엇인지 단박에 알아보았다.

"역화검."

그는 자기 입에서 나온 소리를 막지 못했다.

나지오가 그에게 불완전한 지마급이라 말한 이유는 바로 그가 역화검으로 검술의 끝자락만을 맛봤기 때문이며, 또한 그 역화검이 없는 한 완전한 지마급이 될 수 없었기 때문이다. 그 상태로 그는 다시 심의 완성을 이루어 천마급에 이르렀으니, 역시 역화검이 없이는 완전한 천마급이라 하기 어려웠다. 실제로 그는 종남파의 절정고수들과의 싸움에서 완전히 압도하는 모습을 보여주지 못했고, 이는 그가 천마급의 온전한 무형검을 펼칠 수 없었기 때문이었다.

그 안타까움이 작은 실수를 만들어낸 것이다.

역화검. 역화검. 역화검. 역화검.

피월려의 작은 소리조차, 이 넓은 동공에 메아리가 되어 울렸다. 비독견과 원설이 놀라 피월려를 돌아보았는데, 때마침 아래에서 큰 소리가 들려 다시 고개를 돌렸다.

그리고 그때는 이미 가도무의 얼굴이 정면에서 그들을 노려보고 있었다.

눈동자가 없는 백색의 눈. 그 안의 광기가 세 명의 정신을 뒤흔들었다.

"크아아앙!"

얼굴의 반이 입으로 변하더니, 검은 치아 속에서 경계심이 가득한 짐승의 울음소리가 터져 나왔다. 비독견과 원설은 가진 침과 비도를 쏘아 보냈고, 짐승은 그대로 뛰어서 공중에서 몸을 빠르게 돌리는 신기를 보여주며 그 침과 비도를 모두 퉁겨내었다.

곧 가도무의 몸이 추락하기 시작했다. 아래로 점차 가속되는 와중에도 그의 시선은 피월려를 향해 있었고, 피월려의 시선도 가도무를 향해 있었다.

풍덩!

삼십 장이 넘는 높이에서 가도무의 몸이 떨어져 수면에 닿자 큰 물보라가 일어났다. 호수가 그 안으로 볼록 들어가나 싶더니, 다시 물이 그 안으로 채워지면서 다시금 물이 솟아올랐다. 가도무가 얼마나 깊게 떨어졌는지 솟아오른 물은 피월려 일행이 있는 높이를 넘어서 천장에 닿을 만큼 높이 솟아올랐다.

솨아아.

뜻하지 않은 물벼락을 맞은 비독견과 원설은 젖은 얼굴을 씻어내었다. 그런데 그때 피월려가 큰 소리로 외쳤다.

"방심하지 마!"

그와 동시에 물기둥 속에서 가도무의 양손이 불쑥 튀어나왔다.

턱!

그 양손에 비독견과 원설의 머리가 각각 하나씩 잡혔다. 피월려는 가도무의 양팔이 두 배로 부풀면서 엄청난 양의 혈액이 공급되는 것을 마지막으로 눈을 감았다.

그가 들고 있는 검은 하나.

베어야 할 팔은 두 개.

비독견이냐 원설이냐.

답은 이미 나와 있었다.

피월려는 검으로 가도무의 왼팔, 즉 원설의 머리를 잡은 팔을 향해 휘둘렀다. 그러자 그 왼팔은 주저 없이 원설의 머리를 놓아주며 다시 물기둥 속으로 쑥 들어가 버렸다.

피월려는 가도무의 왼팔이 남기고 간 물방울만 베었다. 이는 낙성의 도움을 받을 대로 받은 그의 절정의 쾌검이었다. 그러나 이보다 두 배는 빠른 가도무의 손은 이미 인간의 범주를 넘었다 해도 과언이 아니었다.

그때였다.

콰드득.

"크익, 케힉."

피월려는 이상한 소리가 들린 왼쪽을 보았다. 그곳에는 비독견의 두개골이 짓이겨져 속의 뇌수와 핏물이 함께 사방으로 터지고 있었으며, 그 속에 두 눈알과 혀의 조각이 더러 섞여 있었다. 함몰된 머리 위로는 그의 폐 속의 공기가 밖으로 나오면서 끈적한 뇌수와 핏물의 거품을 만들어냈다.

도저히 봐줄 그림이 아니어서, 피월려는 눈길을 돌려 가도무를 찾았다. 그는 물기둥과 함께 아래로 떨어지고 있었다.

"물이 방패가 된다면 비도가 힘을 쓰지 못합니다. 또한 거리를 좁힐 방도가 없습니다."

원설의 눈은 감사를 말하고 있었지만, 그것을 말로 내뱉을 수 없을 만큼 긴박한 상황이었다.

피월려는 고개를 내밀어 수면 속으로 몸을 감춘 가도무를 찾았다.

"동의하오. 지금 우리가 할 수 있는 것이 없군."

다시 수면으로 숨어든 가도무는 반대편 호숫가에서 모습을 드러냈다. 피월려와의 직선거리는 삼십 장이 넘어갈 정도로 먼 거리였고, 그만한 거리에서 피월려와 원설이 할 수 있는 것이 없었다.

가도무는 무시무시한 눈으로 피월려를 노려보다가, 곧 동굴 안쪽으로 모습을 감추었다.

"어찌할 겁니까?"

피월려는 상의를 벗어, 죽은 비독견의 머리를 감쌌다.

"귀환하겠소. 약점을 찾았으니, 다음번엔 확실히 사냥할 것이오."

"약점이라면?"

그는 죽은 비독견을 등에 들쳐 메고는 영견에게 수화로 귀환 신호를 보냈다. 그러자 영견이 앞장을 서서 걷기 시작했다.

피월려가 말했다.

"그의 단전에 꽂혀 있는 것을 보았소?"

"보지 못했습니다."

"그가 사천당문에 오기 전, 나와 만났었소. 그때 그는 내게 역화검을 요구했었소. 그의 양기를 다스리기 위해서 역화검이 필요했던 것이오. 그런데 그 검이 그의 단전에 꽂혀 있었소."

"역화검이… 말입니까?"

"뒤에 솟아난 꼬리는 보셨을 것이오."

"예."

"그것이 바로 내 역화검이오."

"그것은 등에 솟아난 것이 아닙니까? 아까는 단전이라고……."

"단전을 관통해 등 뒤에까지 솟아난 것이오."

"그, 그런."

충격을 받았는지, 원설이 말을 잇지 못했다.

피월려가 말을 이었다.

"그 상태로 어찌 살아 있는지, 그의 생명력 하나는 정말로 고금제일이라 말하고 싶소."

원설이 나지막하게 중얼거렸다.

"그건 살아 있다고 말할 수 없습니다."

피월려는 대답하지 않았다. 가도무가 사라진 호수 위를 주시하며 한참을 그렇게 있었다.

"영견이 안내하는 대로 돌아가면 문제는 없을 것이오. 문제는 그다음이지. 사천당문과 껄끄러운 일이 생겨 버렸군……."

"비독견의 목숨을 책임지라 할 겁니다."

피월려는 한숨을 내쉬었다.

"그건 그렇고, 호수가 문제군. 호수가……. 이를 타개할 방도를 찾아야겠소."

"……."

그 둘은 근심이 가득한 표정으로 사천당문에 복귀했다.

*   *   *

사천당문의 반응은 예상대로였다.

"현 시점에 비독견 하나하나는 사천당문의 존망을 결정지을 정도로 중요하오. 초절정고수와도 맞상대할 수 있는 그가 사망했음에도 가도무를 잡지 못했다는 건 본 문으로서는 절대 묵과할 수 없는 일이오."

피월려는 비웃음을 가까스로 참았다. 묵과하지 않겠다면 어쩌겠는가. 하지만 그는 공손히 대꾸했다.

"그 일은 전적으로 제 책임으로 앞으로는 사천당문의 인물이나 재산을 일절 사용하지 않고 본 교의 힘으로 온전히 가도무를 추살하겠습니다. 문주께서는 참고 기다리시기만 하면 될 것입니다."

"그렇게 말하지 않아도 그럴 생각이었소. 애초에 귀교에서 하기로 하였으니, 스스로 하시길 바라오. 일을 수행하다 낙성혈신마가 죽어도 귀교에선 다른 고수를 보내어서라도 일을 꼭 끝내야 하오."

"안 그래도, 지원을 요청했으니, 곧 도착할 겁니다."

"지원?"

금시초문이라는 듯 독안구가 물었다. 하지만 피월려는 포권을 취하며 대답하기를 거부했다.

"문주께서 말씀하신 대로 본 교가 알아서 할 것입니다. 쉬십시오."

피월려는 당찬 발걸음으로 문주의 거처에서 나왔다. 그곳에 모인 비독견들이 사천어로 욕설을 지껄이는 듯한 목소리를 들었지만, 가볍게 이를 무시한 피월려는 원설을 찾았다.

"원설, 누가 오시는지 아직 소식 없었소?"

피월려는 천마신교의 고수들과 그리 큰 친분이 없었다. 특히 본부의 고수들과는 일면식도 없는 경우가 허다했다. 때문에 특정한 사람을 부르지 않고, 단지 궁(弓)을 잘 다루는 마인을 찾았을 뿐이다. 때문에 누가 오게 되는지 이를 원설에게 물은 것이다.

원설이 즉각 대답했다.

[마궁(魔弓)께서 오신다 합니다.]

마궁.

간단한 별호이지만, 그렇기에 강한 마인임이 틀림없었다. 가뜩이나 무기가 천차만별인 천마신교에서는 궁을 주 무기로 사용하는 마인도 다른 문파에 비해 비교적 많았다. 그중 떡하니 마궁이란 별호를 차지하고 있다면, 거의 정점에 있다고 봐도 과언이 아니었다.

"어떤 마인이오?"

[태생마교인으로 현 흑룡대원이십니다. 무공 수위는 지마이며, 장거리라면 무당파 태극진인의 유풍살과도 비견되는 궁술을 지녔다 합니다.]

"흑룡대는 교주 직속의 전투부대가 아닌가? 이렇듯 홀로 임무를 수행할 수 있다는 것이오?"

[흑룡대는 대부분의 시간을 본부 내부에서 수련으로 보내고 있습니다. 아마 몸이라도 풀 겸 오는 것일 겁니다.]

"본 교의 상징적인 부대다 보니 오히려 움직이는 시간이 적나 보군. 그럼 나와의 관계는 어떻게 되는 것이오?"

[관할이 다르니 수위로 따져야 할 겁니다.]

"지마 대 지마라면 동급이군."

[그렇습니다.]

"그럼에도 불구하고 내가 주도적으로 명을 내릴 수 있소?"

[율법을 일일이 따지다 보면 어떻게든 답이 나오겠지만, 의미가 없습니다.]

"그렇지. 결국 강자지존의 율법을 저쪽에서 들고 나오면 끝이니까."

[흑룡대원이라면……]

"요구할 게 뻔하오. 도착하기까지 심신을 다져놔야겠소."

피월려의 눈빛이 강렬해졌다.

제육십구장(第六十九章)

피월려의 예상은 적중했다.

오 일 후, 원설의 말을 듣고 흑룡대원이 있는 처소에 들어가니, 그를 보는 흑룡대원의 눈빛에서 이미 살기가 등등했다.

"지부의 신성을 직접 눈으로 보니, 감회가 새로운데…… 생각보다 별로 세 보이진 않는군."

마궁은 온몸에서 구릿빛이 나는 여인이었다. 머리도 이상하게 가닥가닥 꼬아 뒤로 길게 늘어뜨렸고, 큼지막한 눈과 넓은 코 그리고 두툼한 입술도 중원인의 것과는 사뭇 달랐다. 그 때문인지 나이를 짐작하기 어려웠는데, 여인의 굴곡이 뚜렷한 몸을 가진 것을 보면 상당히 젊은 듯했다. 피월려는 마궁이 중원에서 흑노라 불리는 인종의 피가 섞인 것이라 생각했다.

"마궁이시오? 생각보다 일찍 오셨소."

"천마신교 흑룡대원 누라이오. 별호는 마궁이고. 그쪽이 낙성혈신마이오?"

"맞소. 내가 낙성혈신마, 피월려이오. 궁술을 익힌 마인이라 들었는데, 궁은 보이지 않소만?"

"여기 있잖소?"

그녀는 자기 앞에 있는 탁자를 툭툭 쳐 보였다. 그곳에는 지팡이로 보이는 긴 막대기만 보일 뿐, 궁으로 보이는 것은 없었다.

"어떤 식이오?"

누라는 굵게 꼬인 자기 머리카락을 앞으로 내리면서 말했다.

"이 막대기에 내 머리카락으로 걸어 묶으면 본 교의 유일무이한 마궁이 되오."

"볼 수 있소?"

"내 마궁을 볼 만한 실력이 되시오? 내가 소문은 잘 믿지 않는 터라 말이오."

"나오시오."

피월려는 두 손가락을 까딱거렸고, 그걸 본 누라는 하얀 치아를 얼굴의 반이나 크게 드러내며 씨익 웃었다.

밖으로 나가면서, 피월려가 이름도 없는 철검을 꺼내 드는 걸 본 누라가 말했다.

"검에 얽매이지 않는 무형검을 익혔다니, 정말인가 보오? 개도 안 쓰는 그런 검을 쓰려는 걸 보니."

피월려는 검을 앞으로 잡고 뻗으며 말했다.

"나도 내 검이 있으나, 아쉽게도 지금 분실한 상태이오. 이러면 둘 다 본신 내력을 보일 수 없으니, 져놓고 본신 내력이 따로 있었다 변명하기 없기오."

누라는 그녀의 막대기를 역수로 집어 들고는 대답했다.

"뭐, 좋소. 나도 다른 미친놈들처럼 비무와 생사혈전을 구분하지 못하는 돌대가린 아니니까. 한번 놉시다."

피월려는 눈을 천천히 감았다.

누라의 표정에는 잠시 의문이 들었는데, 그 순간 피월려의 몸이 앞으로 늘어나는 것 같은 착각과 동시에 눈앞에서 떨어지는 그의 철검이 누라의 머리를 매섭게 노리고 있었다.

누라는 몸을 살포시 틀어 피해냈다.

하나 피월려의 철검이 중간에 우뚝 멈추더니 시퍼런 날이 그녀를 향해 고개를 돌렸다. 섬뜩한 예기가 누라의 전신을 전율케 만들었다.

찰나 후, 철검이 반월을 그렸다.

순간적으로 허리 아래, 몸을 숙인 누라의 등 위로 넓은 반월이 생겨났다. 잔잔한 검풍조차 일으키지 않는 그 반월에는 낙성의 묘리가 숨어 있어, 그 어떤 쾌검에도 뒤지지 않는 속도가 있었다. 피하지 못하고 막게 만들려는 피월려의 속셈이었던 것이다. 그러나 그녀는 피해냈다. 용안으로 이를 읽으면서 피월려는 뒤로 몸을 훌쩍 빼내었다. 계획대로 되지 않았으니, 일단 두고 보자는 생각이었다.

그런데 피월려는 순간 누군가 오른팔을 잡아당긴다는 느낌을 받았다. 그가 곁눈질로 그의 검을 보니, 그 검에는 흑색의 뱀 한 마리가 똬리를 틀고 놔주고 있지 않고 있었다.

뱀이 아니라 누라의 머리카락이다. 그것도 내기를 잔뜩 머금고 있는 머리카락.

아까와 같은 상황이라면 당연히 머리카락이 걸리게 되지만, 그런 머리카락은 또한 당연히 잘리게 된다. 그러나 누라의 머리카락은 잘리지 않고 부드럽게 검을 감으며 그대로 똬리를 틀어버린 것이다.

잘리지 않은 이유는 누라가 머리카락에 내력을 불어넣었기 때문이다. 그렇지 않았다면, 머리카락이 철로 만들어졌어도 잘렸을 것이다. 자기 머리카락에 내력을 불어넣다니……. 이게 무슨 마공이란 말인가?

피월려의 움직임을 따라 누라의 머리카락이 따라왔고, 그 뒤로 누라의 머리가 딸려왔다. 그런데 그 속도를 그대로 이어 받은 누라가 두 발로 강하게 땅을 차며 앞으로 쏘아지듯 날았다.

그리고 그 움직임 가장 깊은 곳에 숨은 막대기의 끝은 피월려의 명치를 정확하게 노리고 있었다.

톡.

피월려는 손날을 휘익 저었을 뿐이다.

그 손날에 막대기의 끝자락이 닿아 옆으로 휘어지는 것.

그 닿음으로 막대기의 힘을 피월려의 몸이 이어받는 것.

그 이어받음으로 금강부동심법을 통해 피월려의 몸이 직각으로 전송되는 것.

이 모든 걸 하나하나 보자면 참으로 당연한 수순이었다.

그러나 당연한 수순을 누라는 절대로 이해할 수 없었다.

실전이 무슨 바둑인가?

실전이 무슨 논검인가?

무수한 실전으로만 이 자리까지 올라온 누라의 머리로는 피월려의 움직임을 알 수도 없었고 이해할 수도 없었다.

그래서 그녀는 그녀의 감을 믿었다.

가슴을 막자.

절대로 이 상태에서 가슴을 공격할 리 없고, 그럴 가능성도 없고, 그럴 이유도 없고, 그럴 목적도 없고, 그럴 수도 없겠지만……. 그래도 그냥 막자.

누라는 지팡이의 내력을 돌려 가슴팍에 가져왔다.

퍽!

충격은 가슴을 타고 몸에 전해졌고, 이로 인해 누라의 몸이 바닥에 곤두박질쳤다.

쿵!

땅과의 충돌에서 찌릿한 고통을 맛본 그녀는 양다리와 양손을 대자로 뻗어 툭 하고 땅을 내려쳤다. 그러자 몸이 하늘 위로 승천할 듯 붕 떠올랐다.

그녀의 몸이 피월려의 목쯤 올라왔을 때, 피월려의 철검이 앞으로 찔러졌다.

트트특!

시퍼런 날이 훑고 지나간 건 누라의 옷자락뿐, 누라의 몸에는 상처 하나 없었다.

하늘로 올라갔던 누라의 속도는 점차 느려졌고, 곧 정점에 달했다.

빙글.

몸을 한 바퀴 돌린 누라는 허리를 크게 뒤로 젖히며 지팡이를 머리 위로 들고는 아래로 내려쳤다.

그런데 그곳에 있어야 할 피월려의 모습이 보이지 않았다.

"앗!"

그녀가 아래를 보니, 피월려가 그녀의 두 다리를 막 잡은 상태였다. 그는 그대로 자기의 어깨를 지지하여 앞으로 크게 집어 던졌다.

공중에서 허우적대는 그녀의 몸짓은 아쉽게도 날아가는 속도를 전혀 늦추지 못했다.

쿵!

나무 기둥에 그대로 처박힌 그녀는 찌르르한 고통에 허리를 툭툭 쳤다. 간발의 차로 내력을 집중하지 않았다면, 척추가 부러졌을 것이다.

"남다른 보법이오."

누라는 피월려의 칭찬이 하나도 기쁘지 않았다.

"우리 대주 말로는 애송이라던데, 노망난 헛소리였소. 피 대주가 애송이면 나는 갓난아기겠군. 듣기로는 낭인 출신이라던데 설마 파계승일 줄 몰랐소."

피월려는 눈살을 찌푸렸다.

"파계승이 아니오. 왜 그런 생각을 하셨소?"

"아, 아니시오? 그 땡중들 족칠 때, 그놈들이 쓰던 보법과 비슷해서 말이오."

피월려는 그녀가 금강부동신법에 대해 말한다는 것을 깨달았다.

"교주께서 소림파를 멸문하셨을 때 동참하셨나 보오?"

"그때, 내 화살이 처음 다섯 번이나 빗나갔소. 적응하는 데 다섯 발이라니. 나름 충격이라, 기억하고 있소. 그런데 그 신법을 사용할 줄이야."

"그래서 나중엔 내 움직임을 예상하고 가슴을 막은 것이오?"

누라는 머리에 먼지를 털어내며 말했다.

"한번 경험한 신법은 절대로 잊지 않소. 특히 다섯 번이나 못 맞춘 신법은 죽을 때까지도 잊지 못할 것이오."

피월려는 씨익 웃으며 위로했다.

"피한 그자가 강한 자였을 것이오."

"그거랑은 상관없소. 궁술에 있어, 적이 강한 것과 화살을 맞히지 못하는 건 별개의 것이오."

"그럼 입신의 고수라도 맞출 수 있소?"

"대상의 속도는 관계없소. 문제는 힘이지. 만약 내게 적의 보법에 익숙해질 시간을 준다면, 적이 입신의 고수라도 다 맞출 수 있소. 다만 모든 화살을 손짓 하나로 퉁겨내겠지만……."

피월려는 궁술에 대해서 아는 것이 없었다. 활을 사용하는 법은 아버지에게 배웠지만, 이것과 기공을 조합한 무림인의 궁술은 또 다른 것이다.

그가 물었다.

"어찌 그렇소?"

누라는 자기 지팡이를 툭툭 쳤다.

"사람이 아무리 빠르다 한들, 그 움직임에 있어 흐름이 있소. 그 흐름을 읽으면 몸의 가장 느린 곳을 찾을 수 있소. 아무리 재빠른 움직임이라 할지라도, 몸 전체의 움직임이 모두 다 빠른 건 아니오. 누구는 발. 누구는 손. 누구는 머리. 몸의 지체 중 한 곳은 필히 느리게 되오. 그 이유는 바로 그곳에 그 움직임의 중심이 있기 때문이오. 입신의 고수가 아무리 빠르다 한들, 그 몸의 가장 느린 곳은 내 화살보다 빠르진 않소."

"그대가 보기엔 금강부동신법의 가장 중심이 되는 곳은 어디이오?"

"단전이오. 거기서부터 움직임이 퍼져 나가는 걸 억지로 막다가 한 번에 튕기듯 움직이는 거 아니오?"

금강부동신법의 구결을 모르고 말했다고 믿기 어려울 정도로 정확했다.

피월려가 말했다.

"대단하시오."

"움직임의 흐름을 읽는 건 궁술의 기본이오."

"그렇다면 왜 궁술이 검술보다 천대받는다 생각하시오?"

"힘이 문제요 힘이. 얄팍하기 그지없는 화살에 아무리 강대한 내력을 담아봤자, 검에 담는 것보다 더하겠소? 게다가 화살에 담은 내력은 돌려쓸 수 없소. 소모적이지. 그래서 궁에는 한계가 있소. 이를 타파한다면 궁술로 입신에 오르는 것도 무리는 아니오."

피월려는 고개를 끄덕였다.

"과연 그렇군…… 대답해 주어서 고맙소. 임무를 위해 호흡을 맞추려면 서로의 무공을 어느 정도는 알아야 하오."

누라는 이때다 싶어 급히 물었다.

"그럼 나도 좀 묻겠소. 움직임에 소리가 없던데 그것도 금강부동신법이오?"

누라도 자기의 본신 내력을 대답하는 데 주저하지 않았으니, 피월려도 응당 그래야 하는 것이 맞았다. 천마신교에서는 백도와 다르게 이런 식으로 서로 무공에 관한 지식을 교환하는 것이 흔하다.

피월려는 순순히 대답했다.

"소리가 없고 바람이 일지 않는 것은 금강부동신법 때문이 아니라 낙성 때문이오."

"낙성?"

피월려는 직접 시범까지 보였다. 그는 검을 공중에서 훅 하고 휘둘렀는데, 누라는 그때 어떤 소리도 듣지 못했다.

"이것이오."

"발검과 비슷한 원리의 쾌검이나 소리가 전혀 나지 않는 것 같소. 바람도 일지 않고."

"사실 검격에서 바람이 이는 것도 일종의 낭비이오. 어느 정도의 힘이 바람을 밀어내는 데 소모되기에 그런 것이오. 때문에 그것을 없애 온전히 검의 속도로만 전환되게 하는 것이오."

"바람을 없앤다? 자, 잠시. 한 가지만 해봐도 되겠소?"

누라는 갑자기 벌떡 일어나서 자기 지팡이를 곧추 세우고, 굵게 꼬인 머리카락을 앞으로 내려 그 양끝에 둘렀다. 그러고는 강한 힘으로 잡아당기니, 그 지팡이가 활처럼 휘었다.

그녀는 머리카락 하나를 뽑아 시위를 걸 듯 그 활에 걸었는데, 그 머리카락 한 가닥은 마치 화살처럼 길게 뻗어 있었다.

"내가 한번 공격해 보겠으니, 검으로 쳐내보시오."

"갑자기 무슨 일이오?"

"시험해 보고 싶은 게 있소. 해보시오."

그녀는 다짜고짜 시위를 놓았다. 다행히 속도가 그리 빠르지 않아, 피월려는 수월하게 검을 휘둘러 빠르게 날아오는 머리카락을 쳐낼 수 있었다.

아니다.

머리카락은 끊어지거나 흐트러지지 않았고, 피월려의 검의 뒤를 따라 그대로 미끄러지듯 방향이 바뀌었다.

"방금 어기충검이오?"

"아니오. 그냥 단순한 검격이었소."

"난 내 머리카락에 내력을 담았소."

피월려는 경악하며 소리를 질렀다.

"그걸 이제야 말씀하시오? 하마터면 죽을 뻔했소."

누라는 짧게 사과했다.

"미안하오. 내력이 담긴지 안 담긴지 구분할 수 없는 게, 내 궁술의 비기이오. 하여간 여기서 중요한 건 내력을 담지 않은 검이 내력을 담은 화살을 빗나가게 만들었다는 것이오."

피월려는 어이가 없다는 듯 말했다.

"참나, 그걸 확인하려고 그런 것이오?"

누라가 진지한 표정으로 대꾸했다.

"이건 대단한 것이오, 피 대주. 바람을 타고 이동하는 건 화살뿐이 아니오. 공중에 내력을 출수하여 발경하는 그 모든 것은 그 움직임으로 인해 생기는 바람을 타고 움직이는 것이오. 이를 낙성으로 모조리 흘려보낼 수 있는 것 아니겠소?"

피월려는 뜻밖의 말에 입을 살포시 벌렸다.

"뭐, 낙성이 무당파 검공과 극상성이라는 건 알고 있는 사실이오. 무당파가 자랑하는 유풍살을 무력화시킬 수 있기 때문이라면, 말이 되지만……. 아마 그런 건 아닐 것이오."

"내 화살을 무시하지 마시오, 피 대주. 지마급 마인의 검기와 동급이오. 내 화살을 흘려보냈다면, 필히 검기도 흘려보낼 수 있을 것이오."

"아니, 말이 되지 않소. 어찌 이런 철검에 내력을 담지 않고 내력의 집약체인 검기를 흘려보낼 수 있다는 것이오."

"오히려 상쇄한다면 말이 되지 않는 것이오. 반대로 말하면, 흘려보내기에 말이 되는 것이오."

피월려는 듣기 싫다는 듯 고개를 저었다.

"목숨을 내걸고 그런 도박을 할 이유는 없소. 어쨌든 궁술에 대해 설명해 주어 감사하오."

누라도 입을 다물었다. 스스로 비무에서 지면 상관으로 모시겠다고 다짐한바, 그의 심기를 거스르고 싶지 않았기 때문이다.

"그럼 앞으로는 경어를 쓰겠습니다. 그런데 한 가지 청이 있습니다. 먼 길을 걸어와, 몸을 좀 회복하고 임무를 수행하는 것이 옳다 보는데, 피 대주께선 어찌 생각하십니까?"

피월려는 고개를 끄덕였다.

"충분히 휴식을 취하시오. 준비가 되면 바로 임무에 들어갈 것이오. 자세한 사항은 원설을 통해 들으시고. 원설."

원설은 즉시 모습을 드러냈다.

"예."

"누 대원에게 임무에 관해 모두 알려주시오. 나는 처소에 있을 테니 일이 끝나는 대로 복귀하고."

"존명."

피월려는 목 인사를 하고는 자리를 떠났다.

*　　　　*　　　　*

누라에게서 연락이 온 것은 다음 날 아침이었다. 하루 동안 심신을 다진 그녀의 눈빛에는 그윽한 마기가 가득했는데, 피월려와 마주쳤을 때부터 지금까지 운기조식으로 마음을 가다듬지 않았으면 얻을 수 없는 고요함이 느껴졌다. 그 진득한 마기를 한 번에 터뜨리면 얼마나 거대한 내력을 쏟아낼지 피월려도 장담하기 어려웠다.

영견의 도움으로 산을 오른 그들은 한 시진도 걸리지 않아 가도무가 있었던 그 동굴의 입구에 도착할 수 있었다. 구렁이가 있었던 전과는 다르게 이번에는 살쾡이처럼 보이는 놈들이 다섯 마리 정도 무리를 이루고 있었다. 일반 살쾡이와 다른 점이 있다면, 털색이 모두 이상할 정도로 새하얗고, 그 크기가 사람의 손바닥보다 더 작았다는 점이다. 중원 어디에서도 보지 못한 동물들이라 그 속에 품은 독을 추측하기 어려웠던 피월려가 누라를 돌아보며 말했다.

"정보가 없으니 원거리에서 잡아야 할 듯싶소."

누라는 머리카락을 지팡이 끝에 메어 활을 만들면서 그 살 쾡이들을 흘겨보았다.

"움직임이 재빠르지만 일반 살쾡이랑 비슷합니다."

누라는 머리카락 다섯 가닥을 뽑아 마기를 집중했다. 그러 나 그 마기가 흡사 육안으로 보이는 것처럼 느껴질 정도로 그 다섯 가닥에 집약되기 시작했다. 그리고 곧 머리카락에 완전 히 흡수되어 그 흔적을 찾을 수 없었다. 담은 마기의 양을 생 각하면 절대로 그럴 수 없는 것이다. 피월려가 보아도 그 기술 은 지마급 고수의 비기로 손색없는 것이었다.

머리카락으로 된 다섯 화살이 쏜살같이 살쾡이들에게 날아 갔다.

팟!

하나의 소리가 들렸으나 쓰러지는 건 다섯 몸이었다. 눈알 을 뒤집으며 옆으로 픽하고 쓰러지는 살쾡이들을 보며 피월려 는 감탄했다.

"대단한 솜씨이오."

"별거 아닙니다. 하여간, 저 동굴 안에 천살지장이 있다는 겁니까?"

"그렇소."

"흐음. 본 교에는 그가 신물주라는 소문이 파다한데, 나는 아직 실력이 미천하여 신물주가 될 생각은 없습니다. 피 대주는 어찌 생각하는지 궁금합니다."

"……."

피월려는 다시금 마음이 복잡해지는 것을 느꼈다.

그가 신물주임을 완전히 숨길 수 있었던 이유는 피월려가 가도무를 신물주라고 완전히 몰아세웠기 때문이다. 그 결과 정황상 거의 모든 사람이 가도무가 신물주가 되었다고 믿게 되어 자연스럽게 피월려에 관한 의혹이 사라지게 만든 것이다.

"대주?"

피월려는 누라의 말에 상념에서 깨어났다.

"먼저 앞장서겠소. 혹여라도 독물이 튀어나온다면 뒤에서 지원해 주시오. 긴장을 풀지 말아야 할 것이오."

"존명."

피월려는 누라의 직속상관이 아니지만 이번 임무에서만큼은 그의 명령을 따라야 했기 때문에 그녀는 존명이라 답하며 피월려의 명령을 수행했다.

그들은 곧 동굴로 들어갔고, 한참을 걸어 호수가 있는 동공에 도착했다.

가도무의 모습은 보이지 않았다.

피월려는 조용히 속삭이듯 말했다.

"여기서 잠복하고 기다리는 것이 좋겠소."

그러나 누라가 의아한 듯 물었다.

"찾으러 안 가십니까?"

피월려는 고개를 저었다.

"사냥의 기본은 찾는 것이 아니라 잠복하는 것이오. 탐색은 이미 전에 끝냈소. 더 이리저리 돌아다니다 보면 오히려 우리가 사냥감이 되어버릴 것이오. 일단 궁수의 시점으로 봤을 때, 활을 쏘기 가장 좋은 곳이 어디이오?"

누라는 주저하지 않고 한곳을 가리켰다. 그곳은 종유석이 절벽에서 툭하니 튀어나온 곳으로 아래를 훤히 내려다볼 수 있는 곳이었다.

"저쪽이 왕좌입니다. 그곳에 비하면 다른 곳은 거지 소굴입니다."

피월려가 말했다.

"너무 밝지 않소?"

"밝아도 상관없습니다. 가도무가 새가 아닌 이상 저기까지 올라올 것도 아니지 않습니까?"

"전에 가도무를 잡으러 이곳에 왔을 때 호수에서 지금 이 위치까지 도약했었소. 저곳에 있어도 위치가 노출되면 안전하진 않을 것이오."

누라가 믿지 못하겠다는 듯 아래를 두리번거렸다.

"얼핏 봐도 이십 장은 기본이오, 삼십 장도 넘을 것 같습니다만."

"한 번의 도약으로 올라선 건지, 아니면 다른 곳을 밟은 건지는 모르겠지만, 거의 기적이 없이 여기까지 뛰어 올라온 것은 엄연히 사실이오. 원 대원도 그 자리에 있었으니 그녀도 말해줄 수 있소."

누라가 원설을 돌아보자, 원설이 고개를 끄덕였다.

"사실입니다."

누라는 헛바람을 들이켜더니 곧 말했다.

"그것이 사실이라면… 확실히 저곳은 너무 밝군요. 근거리에서 천살지장을 제가 상대할 수 있을 리 만무하니, 그럼 저쪽이 좋겠습니다."

그녀가 가리킨 곳은 전에 가리킨 곳보다 좀 더 낮은 위치였지만, 빛이 스며들지 않아 완전히 암흑으로 가려진 곳이었다. 피월려와 원설도 내력을 집중하여 한참을 보지 않으면 그 안의 살짝 튀어나온 종유석을 볼 수 없을 정도였다.

"걸터앉기도 어려울 정도로 살짝만 나온 곳인데, 괜찮겠소?"

"일단 자리를 잡고 지팡이를 박아 넣어 고정하면 됩니다. 그때 큰 소리가 나는 게 문제이긴 합니다만."

피월려는 잠시 고민하더니 곧 대답했다.

"그 소리를 듣고 가도무가 이곳에 올 것이오. 그때 그를 화살로 맞출 수 있소?"

누라가 굵은 입술을 쓸었다.

"천살지장의 움직임에 익숙해질 시간이 필요합니다. 그래야 요혈을 저격할 수 있을 것입니다."

"신물주가 되기 싫다면 어쩔 수 없이 생포해야 하오."

"그럼 두 배는 더 필요합니다."

"그 시간을 내가 물가에서 끌겠소. 물은 어떻소? 문제가 되겠소?"

"물이 매우 맑아 상관은 없을 것입니다. 그런데 미끼가 될 겁니까?"

"그렇소."

누라가 피월려의 눈을 지그시 보았다.

"전에도 물으려다 말았습니다만, 혹 천마이십니까?"

"그렇게 느꼈기 때문에 내 명 아래에서 일하는 것 아니오? 내가 천마라 생각하지 않았다면 호승심이 강한 흑룡대원께서 비무 한 번으로 내 아래에서 명을 받들리라 생각하기 어렵소만."

누라는 머쓱한 표정을 지었다.

"뭐, 피 대주를 천마급 마인으로 확신하는 건 아닙니다. 단지 저보단 확실히 위이신 듯하여 명을 받는 겁니다. 다만 천살지장과 일전을 하겠다고 하니, 확실히 알고 싶어 그렇습니다."

"걱정되시오? 내가 가도무에게 쉬이 죽을까 봐?"

"피 대주께서 죽으시면 곤란합니다."

피월려는 희미한 미소를 남기며 절벽 아래로 몸을 던졌다. 그러면서 마지막 말을 남겼다.

"걱정 마시오."

누라는 아래로 떨어지는 피월려의 신체를 보며 속에 담아 두었던 숨을 확 내쉬었다.

"낙성혈신마라……. 외부 인사 중에서 천마급이 나오다니, 간만이군."

그녀는 짧게 독백한 후, 자기의 위치로 갔다.

그녀는 일단 경공을 펼쳐 그곳의 종유석을 한 손으로 붙잡고 몸을 세웠다. 그러고는 지팡이를 들고 그 지팡이에 내력을 집중하여 강하게 절벽에 내려쳤다.

콰광!

작은 목소리만으로 메아리가 울리는 동굴이라 절벽에 구멍이 나는 소리는 마치 천둥소리처럼 울려 퍼졌다. 누라는 서둘러 지팡이를 붙잡고 연거푸 구멍을 내었다.

쾅! 콰광! 쾅!

그렇게 지팡이를 고정한 누라는 그 지팡이와 튀어나온 종유석 사이에 올라섰다. 그리고 눈에 내력을 집중하여 안력을 돋워 피월려를 바라보았다.

피월려는 호숫가에 고요한 자태를 뽐내며 그 중앙쯤에 도도하게 서 있었다. 동굴의 음산한 기운과 하나가 된 듯, 귀신이라 해도 믿을 수 있을 만큼 이질적인 모습이었다.

누라는 활의 시위를 당기고 눈에 마기를 집중하여 피월려를 관찰했다. 그녀가 궁술의 대가가 되기 위해서 수련한 안공(眼功)은 내력의 흐름을 직접 눈으로 볼 수 있는 효과를 지녔는데, 때문에 그녀는 피월려의 몸속에서 맹렬히 돌고 있는 뜨거운 양기를 눈앞에서 보듯 볼 수 있었다.

그런 포악한 마기를 속에 감추고 그런 고요한 모습으로 자세를 유지하는 피월려를 보며 누라는 놀라지 않을 수 없었다. 폭주했다 싶을 정도의 포악함도 포악함이지만, 그것을 완전히 다스리며 겉으로 아무런 기세도 내비치지 않는 건, 마치 수십 마리의 호랑이를 노끈 하나로 다스리고 있는 것과 같았다.

낙성으로 천마에 이르렀다고 판단한 누라는 그보다 더한 것이 피월려의 본신 내력이라는 것을 깨달았다. 삼십 이전에 천마를 깨우친 마인은 천마오가에서도 쉽게 찾아볼 수 없고 마교의 역사상 그 정도의 발전 속도를 보인 마인들은 교주가 되거나 혹은 실패하는 두 가지의 길 중 하나를 걸었다. 소문대로 가도무가 신물주라면, 피월려가 그를 노리고 있을 가능성도 완전히 배제할 수 없었다.

누라는 몸이 더욱 긴장되는 것을 느꼈다. 잘만 하면 외부 인사인 피월려가 신물주가 되는 장관을 직접 눈으로 확인하게 될 것이기 때문이다. 피월려가 생포해야만 한다고 말한 명령도 그가 직접 잡기 위해서 내린 명령일 수도 있다.

어차피 누라는 신물주가 될 생각이 없었다. 그녀는 썩은 미소를 입가에 걸치며, 피월려에게서 눈을 떼었다.

이후 가도무가 도착한 것은 조금의 시간이 지난 뒤였다. 그는 여전히 짐승과도 같은 몰골로 호수 반대편에 모습을 드러냈다. 감히 보금자리에 침범한 놈들을 향한 가도무의 분노는 가히 전 동공을 진동시킬 만했다. 독경지천에 군림하며 그 어떤 생물도 그의 먹잇감 외에는 되지 못하니, 제왕이라도 된 듯한 거만함이 하늘을 찌르는 것이다.

"올 것이 왔군. 원설. 최대한 기척을 숨기면서 비도로 지원하시오. 하지만 기척이 발각당하지 않는 것을 우선순위로 두고. 가도무가 원 소저를 노리기 시작하면 일이 꼬일 것이오."

원설은 전음으로 대답하지 않았다. 전에 전음을 썼다가, 묘두웅에게 발각당한 것을 기억했기 때문이다. 짐승이 된 가도무라면 묘두웅처럼 전음을 감지할 지도 모를 일이다.

피월려는 원설이 잘 알아들었으리라 믿고는 검을 뒤로 가져가며 가도무를 노려보았다. 가도무도 피월려의 눈을 피하지 않고는 뚫어지도록 그를 보았다.

피가 뚝뚝 떨어질 것 같은 붉은 눈동자.

그 속에서 피월려를 향한 경계심이 점차 분노로 일그러지고 있었다. 일반 짐승이라면 미지에 대한 두려움이 분노를 삼켜 발걸음을 돌리게 만들겠지만, 가도무는 마기에 물든 분노의 화신이다. 경계심은 그의 발걸음을 잠시 잠깐 멈추게 만드는 미약한 성벽밖에 되지 않았다.

걷잡을 수 없는 분노에 의해 경계심의 성벽은 완전히 무너지고, 밖으로 표출되는 분노가 가도무의 육신을 움직였다.

그는 맹렬히 질주했다.

펑! 펑! 펑!

네 발로 달리는 것처럼 상체를 기울이고 있었으나, 그의 손은 바닥을 짚지 않았다. 단지 엄청난 가속도로 인해서 바닥에 닿을 듯 숙인 채로 몸의 기울기가 유지되고 있던 것이다. 그가 한 번 짚은 땅은 깊게 패여 흉물스럽게 변했고, 그의 머리카락은 폭풍이라도 맞은 듯 뒤로 휘날리고 있었다.

가속도는 줄고 속도가 유지되기 시작할 때쯤, 그의 발이 호수 위에 닿았다.

통! 통! 통!

놀랍도록 가벼운 소리가 동공을 주기적으로 메우는데, 청아하기 그지없었다. 그 소리만 들어서는 아름다운 여인의 연주 소리라 해도 믿을 수 있을 만큼이나 맑았다. 그러나 피월려는 그 소리를 듣고는 침을 꿀꺽 삼키며 용안심공으로 동요하는 마음을 진정시켜야 했다.

맑은 소리는 완전한 힘의 반사에서 비롯된 것이다. 수면 위를 달리는 가도무의 힘을 수면이 그대로 되돌리고 있는 것이다. 이는 가도무의 몸뚱이에 더 이상 넣을 힘이 없을 정도로 가득 찼기 때문이다. 소금이 가득 담긴 소금물에 소금을 더 넣으면 그 소금은 녹지 못하고 그대로 아래 남는 것과 같다.

그 힘을 어디다 쏟아 부으려는 걸까? 생각하기도 싫어진다.

피하지 않으면 필사.

피월려는 눈을 감았다.

통! 통!

물소리에 모든 신경을 집중하자, 그 맑은 소리가 점차 가까워짐이 느껴졌다.

통! 통!

그것은 사신의 발걸음이다.

통! 통!

소리를 모두 분석한 용안심공이 결과를 내놓았다.

회피 불가!

어떠한 방도를 동원하더라도 불가능이다.

용안심공이 불가능이란 결론을 낸 것에 대해서 피월려는 놀라지 않았다.

입신에게도 한계가 있다. 즉, 인간의 몸과 정신과 마음에는 한계가 있기 때문에 인간을 상대로는 항상 가능성이 있다. 이를 이루고, 이루지 못하는 건 피월려의 한계와 부딪히기 때문이지 그 가능성 자체가 존재하지 않기 때문은 아니다.

하지만 저건 짐승이지 않은가?

단전에 검을 박은 채 움직이는데 무슨 인간이란 말인가?

피월려는 죽음을 눈앞에 두고도 고요히 기다렸다.

쇄애애액!

고요한 박자를 깨는 소리가 동공에 울렸다. 바람을 찢는 듯한 그 소리는 엄청난 속도로 하늘에서 떨어졌고, 그것은 곧 가도무의 머리 위로 떨어졌다.

탓!

물소리가 달라졌다.

화살을 피한 가도무의 몸이 오른쪽으로 휜 것이다.

없던 가능성이 생겼다.

피월려는 금강부동심법을 동원해 왼쪽으로 훌쩍 뛰었다.

동시에 거대한 그림자가 피월려의 얼굴을 덮쳤다.

부우우웅!

바람에 살결이 쓸리는 걸 느낀 피월려는 즉각 머리를 숙였다.

휘이잉!

가도무의 등 뒤로 솟아난 역화검이 피월려의 머리카락 몇 가락을 허무하게 자르고 지나갔다. 피월려가 다시 자세를 잡았을 땐, 이미 거리가 다섯 장이나 벌어진 후였다.

가도무는 그 속도를 그대로 유지하며 호숫가에서 크게 반월을 그리며 방향을 서서히 꺾어, 호수 위를 달렸다. 그리고 또다시 피월려를 향해 다가오기 시작했다.

퉁!

삼십 장.

둥!

이십 오장.

퉁!

이십 장.

탕!

십오 장.

탓!

십 장.

캉!

오 장.

쾅!

사 장.

쾅!

삼 장.

콱!

이 장.

쿵!

일 장.

다섯 개의 화살이 하늘에서 떨어지며 가도무의 길을 막아섰다. 동시에 그 속에서 가능성을 본 피월려는 공중으로 몸을 던졌고, 그 아래로 괴물이 지나갔다. 한 치 앞도 보기 어려운 그 속력 속에서 괴물의 시선은 항상 피월려를 향해 위로 꺾였다.

가도무의 두 팔이 뒤로 꺾여 올라갔다. 그와 동시에 그의 몸이 앞으로 반 바퀴를 빙글 돌더니, 그 두 팔이 마치 갈고리처럼 땅에 박혀 들어갔다.

카캉!

피월려는 땅에 다리를 짚자마자 바닥이 지진처럼 흔들린 탓에 몸을 가누지 못했다. 겨우 금강부동심법으로 뒤로 물러났을 때, 그는 한곳으로 고개를 돌렸다.

심검으로 그는 눈을 감고 있었다.

그러나 가도무의 모습이 눈꺼풀을 뚫고 보이는 듯했다.

본래 길이보다 세 배 가까이 늘어난 양팔의 관절은 모두 빠진 것이 분명하다. 그러나 가공할 마기를 품은 근육이 찢어질 듯 늘어나 그 형태를 유지하고 있었다. 팽팽한 두 팔의 모세 혈관은 모두 터져 피부 위로 핏물이 새어 나오고 있었고, 피부는 이미 제 모습을 잃어버렸다.

가도무의 두 눈은 웃고 있었다.

패— 앵!

팽창한 두 팔이 수축하며 가도무의 몸을 화살처럼 퉁겨내었다. 그 속력을 전부 양팔에 담아 늘렸으니, 다시 수축하며 얻는 속도는 전과 동일! 열 장도 되지 않는 거리 안에 그 엄청난 속력을 완전히 되찾은 가도무는 사나운 치아를 드러냈고, 그의 얼굴이 있던 자리를 그의 입이 대신했다.

앞으로 먼저 쏟아진 그의 몸이 땅에 박혀 버린 그의 양손을 땅에서 꺼낼 때쯤, 총 일곱 개에 달하는 화살이 그의 왼손에 모조리 박혔다.

푹!

소리는 하나였으나 가도무의 왼손에 난 구멍은 총 일곱. 이로 인해 균형이 깨진 가도무는 왼쪽으로 몸이 틀어지기 시작했다.

그때서야 피월려는 또 가능성을 보았다. 그는 검을 비스듬히 위로 치켜들었다.

카— 캉!

그것은 인간의 치아와 검이 부딪쳐 날 소리가 아니다. 세상에 치아에 마기를 집중하는 마공이 있고, 이를 수십 년간 익힌 마인이 갑자기 미쳐서 무기를 버리고 치아로 검을 물었다고 했을 때나 들을 수 있는 소리였다.

피월려는 있는 힘껏 마기를 검에 불어넣었다. 이로써 검이 씹혀 깨지는 것을 막았다. 그러나 가도무의 신체가 원래 가지고 있던 속력에는 대항할 재간이 없었다.

콰드득.

가도무가 물은 검신과 피월려가 양손으로 붙잡은 손잡이. 그 사이에서 묘한 소리가 울렸다. 그리고 찰나 후, 검이 피월려의 안쪽으로 접히기 시작했다.

푹!

화살 다섯 개가 하늘에서 쏟아져 가도무의 척추에 나란히 박혀 들어갔다. 머리카락만큼이나 작은 구멍이었지만, 그 구멍이 뚫린 혈들은 인간의 움직임을 막는 마혈이었다.

사람이라면 이미 몸이 마비되어 땅에 처박혔을 것이다. 그러나 가도무의 움직임에는 전혀 변화가 없었다. 이는 그의 몸이 더 이상 뼈와 근육의 힘으로 움직이는 것이 아니라 막대한 마기가 주도한다는 증거였다. 피월려는 처음 마성에 젖어 피를 갈구할 때의 일을 회상했다.

그때 그를 막은 건 혈적현이다. 무영사와 무영비도를 통해 짐승을 길들이듯 그를 다루었다. 마성에 젖었을 때의 기억은 희미했지만, 한 가지 확실히 기억나는 건 마치 연기를 붙잡는 듯한 답답함이다. 잡힐 듯 잡히지 않는 혈적현을 잡으려다가, 머리를 맞고 정신을 놓았다. 마기에 젖은 몸이었음에도 정신을 잃으니 움직이지 않았다.

피월려는 접혀오는 검을 보며 판단을 서둘렀다. 이미 반쯤 접혀서 직각 이상으로 꺾여 있는데, 이대로 더 꺾인다면 가도무는 검과 함께 피월려의 머리를 물어버릴 것이다.

머리를 물릴 각오를 하고 기회를 노릴 것인가.

아니면 마궁을 믿고 그녀에게 기회를 만들어줄 것인가.

전의 피월려라면 믿지 않고 스스로 모든 것을 하려 했을 것이다. 하지만 이젠 그 누구도 믿지 않고 홀로 생활하던 낭인 시절의 습관을 버려야 한다. 낭인 시절의 인연은 낭인들이 대부분이었고, 그들이 낭인으로 살아남은 이유는 진정한 실력보다는 권모술수에 능했기 때문이다. 하지만 천마신교는 실력 하나로 모든 것이 결정 나는 사회이며 이곳에서 실력자로 살아남은 마인들은 그 실력이 있기 때문에 살아남은 것이다.

마궁 또한 스스로 말하기를 소문을 잘 믿지 않는다고 하며 피월려의 실력을 직접 점검했다. 그러나 그 결과에는 완전히 승복하고 그를 상관으로 모시며 상명하복의 법을 그대로 따랐다. 그녀가 그리했다면, 피월려도 응당 그녀의 실력을 믿어야 하는 것이다.

괜히 마궁이란 별호를 달고 있겠는가. 괜히 흑룡대의 일원이겠는가.

피월려는 검을 잡은 손에서 힘을 빼며 부드럽게 허리를 숙였다.

검을 물은 가도무가 힘껏 입을 벌리고 피월려의 머리까지 집어삼키려 했지만, 피월려의 머리는 아래로 물 흐르듯 빠져나갔다.

그는 손을 놓았고, 가도무는 검을 입에 문 채 중심을 가누지 못했다.

쿵!

쿠쿵!

몇 번 발을 구른 가도무가 멈춰 섰다. 그는 열 장 멀리 서서 핏기가 가득한 눈으로 피월려의 전신을 사정없이 살폈다. 그의 붉은 두 눈동자는 미세한 약점이라도 낱낱이 살피기 위해서 끊임없이 움직였다.

그와 동시에 그는 오른손으로 왼손에 박힌 머리카락을 잡아 끄집어냈다.

찌이익. 찌이익.

마궁의 머리카락은 그의 몸에 박히는 순간에 내력을 잃어 평범한 머리카락이 되었다. 그러니, 그가 머리카락을 당기자 피부가 쓸리면서 길게 늘어졌다. 이미 피범벅이 된 피부에 한

번 더 칠을 하는 느낌이었다.

침처럼 끈적끈적한 타액이 그 구멍에서 나와 머리카락까지 이어지는데, 실낱같은 머리카락에 덕지덕지 묻은 타액 때문에 마치 거미줄처럼 보였다.

가도무는 침을 뱉듯 검을 뱉었다.

"퉤!"

검에 의해 입속에 난 상처에서 엄청난 출혈이 있는지, 검에 묻은 피가 뿜어졌다. 검게 죽은 핏물은 인간의 것이라고 볼 수 없는 탁함이 가득했다.

그때, 피월려는 갑자기 눈앞이 환해지는 것을 느꼈다.

그가 눈을 뜨고 앞을 보니, 그 중심에 전신이 활활 타오르는 가도무가 있었다. 정확하게는 피부 위로 흐르는 그의 핏물에서부터 화염이 일어나 그의 전신을 뒤덮은 것이다. 피월려는 그것이 당혜림이 말한 화공임을 깨달았다. 정말로 가도무는 화공을 고도로 익힌 술사처럼 몸에서 불을 내고 있었다.

하지만 화공은 아니다. 양기와 마기가 그의 핏물을 태우고 있는 것이다.

피월려는 말했다.

"기회를 만들겠소. 아문혈을 노리시오"

피월려는 다시 눈을 감았다. 이제는 검 없이 그를 상대해야 할 때. 그는 금강부동심법을 극성으로 펼쳐 호수로 움직였다.

다만 경공에 조예가 없던 피월려는 수면 아래로 그대로 가라 앉을 뿐이었다. 그는 발로 내력을 쏘아 보내며, 간신히 상체를 수면 위로 유지했다.

가도무는 이미 다가오고 있었다.

퉁! 퉁!

수면 위로 튕기듯 오는 가도무는 이미 가속을 끝마친 것 같았다. 피월려는 그가 다가옴을 느끼고 수면 아래로 몸을 숨 겼다. 그러고는 빠르게 호수의 바닥으로 움직여서 하늘을 바 라보듯 몸을 뉘었다.

펑!

물 아래서도 고막이 찢어질 듯한 소리가 한쪽에서 울렸다. 가도무가 수면을 박차고 하늘 높이 떠오른 것이다. 피월려는 그가 하늘에서 즉각 그의 위로 떨어질 것임을 예상하고는 금 강부동심법을 완전히 풀고 모든 마기를 모아 온몸으로 반탄지 기를 펼쳤다.

쾅!

수면을 뚫고 들어오는 가도무의 몸은 여전히 활활 타오르 고 있었다. 수면은 그의 몸과 닿는 즉시 증발하며 뜨거운 수 증기를 만들어냈다. 그러나 그조차도 가도무의 속도를 따라 잡지 못해 강한 압력으로 물을 압축했고, 가장 수면 아래 있 던 피월려는 그 중압감을 그대로 느끼면서 반탄지기로 겨우

버텼다.

　피월려의 마기가 완전히 고갈될 때까지 물이 그를 짓눌렀다. 하지만 다행히 그의 내력이 고갈되기 직전, 가도무와 피월려의 사이를 가로막던 물이 모두 증발하였다. 반탄지기를 펼침으로 완전히 탈진한 피월려는 몸을 전혀 움직일 수 없다는 걸 깨닫고는 천천히 눈을 떴다.

　그의 눈앞에는 수많은 원이 있었다. 물과 수증기로 띠를 이루는 그 원은 그 사이사이에 원형의 무지개를 가지고 아름답게 빛났다.

　흡사 이계의 풍경을 보는 듯하다.

　수많은 무지개의 가운데는 불길한 검은빛이 가득했다.

　피월려는 거기에 시선을 빼앗겼다.

　이 지극히 아름다운 곳에 있어서는 안 되는 어두움.

　그곳에서 괴물이 튀어나와 피월려를 덮쳤다.

　괴물의 입이 피월려의 머리를 물기 직전,

　두 가닥의 머리카락이 괴물의 목을 관통했다.

　그리고 물이 그 둘을 완전히 뒤덮었다.

＊　　　　　＊　　　　　＊

　피월려는 꿈속에서 박소을을 만났다.

그의 입에서 명령이 흘러나왔다.

"사천당문을 도와 가도무를 상대하라."

하나 그의 눈빛은 다른 것을 말한다.

'가도무를 누구의 손에도 죽지 않게 안전을 보장하고, 숨겨라. 그럼으로써 천마신교 전체가 그가 신물주라고 믿게끔 만들어라.'

가도무를 죽이되 죽이지 말라는 명령.

제일대의 대주로 만들었다고 너무 부려먹는 것이 아닌가 한다.

어찌하라고.

피월려는 고민 중에 서서히 정신이 들어 눈을 떴다.

"깨어났느냐, 피월려? 본좌는 가도무다."

"가, 가도무?"

"간만이구나, 이렇게 대화하는 건. 못 보던 사이에 간덩이가 많이 커졌어. 하긴 네놈의 간덩이는 원래도 컸지."

"죽은 자가 말하는 듯합니다. 무슨 조화입니까, 대체?"

"꿈을 꾸었다."

"예?"

"어떤 악령(惡靈)에게 붙들려 한없이 아래로 끌려가는 도중, 어디서 튀어나왔는지도 모를 여우 새끼 한 마리가 본좌에게 거절할 수 없는 제안을 했다. 그래서 받아들였고, 그 악령으로부터 빠져나와 이렇게 살지도 죽지도 못하는 몸으로 존재를 유지하게 되었다."

"그, 그게 무슨? 어찌 살아 있는 겁니까?"

"독경천에서도 본 적이 없는 여우 새끼였다. 네가 데리고 온 짐승이 아니더냐?"

"여우라면… 혹 이름이 아루타입니까?"

"이름까진 모른다."

"무슨 제안을 한 겁니까?"

"기억나지 않는다."

"예?"

"기억나지 않아, 무슨 제안인지. 하나 그 때문에 본좌는 존재를 유지하게 되었다."

"……"

"너와의 인연은 참으로 질기구나. 이 상황에서조차 이렇게 만나게 되다니."

"일이 어찌 된 겁니까?"

"여우 새끼가 한 일이니, 본좌도 잘 모른다. 하여간 제정신을 찾게 되었으니, 네게 감사함을 느낀다."

"……"

"본좌를 죽이러 온 것은 아닐 텐데, 왜 본좌를 찾았느냐?"

"제가 선배를 죽이러 온 것이 아닐 것이라 어찌 확신하십니까?"

"네 어깨에 맴도는 그 나비를 보니 일이 어떻게 돌아가는지 이해가 되는구나. 본 교에서 본좌가 신물주라고 믿고 있는 마당에, 자신이 신물주임을 숨기고 있는 네가 굳이 본좌를 죽일 이유가 없지."

"……."

"신물을 실제로 눈으로 보게 될 줄이야… 아름답군."

"영안이 없이는 보이지 않는 것입니다. 이 나비가 보이는 한 선배께선 더 이상 인간이라 하실 수 없습니다."

"안다."

"제안이 무엇인지 예상은 가십니까?"

"모르겠으나, 그 결과 본좌는 이리 죽은 몸으로 존재를 유지하게 되었다. 어찌 되었든 내 존재는 무로 돌아가지 않고 이 세상에서 더 존속되니, 제안이 무엇이던 무슨 상관이냐?"

"대단합니다."

"뭐가?"

"인간임을 포기하더라도 존재를 유지하려는 그 집착 말입니다."

"생에의 집착은 네놈도 만만치 않은 걸로 알고 있다만. 극양혈마공이란 희대의 미친 마공을 익힌 것만 봐도 네가 얼마나 대단한 놈인지 알 수 있었다."

"어째서 그리 집착하십니까?"

"생에 집착하는 것에 이유가 있겠느냐?"

"……."

"그런 탁상공론을 하자고 본좌를 만나러 이곳 사천까지 온 건 아닐 것이다. 왜 본좌를 보려 했느냐?"

"사천당문에서 입교를 희망하였습니다. 그 조건 중 하나가 독경천에 자리 잡으신 선배님을 생포하는 것입니다."

"생포?"

"당문의 대문에 산 채로 걸어놓고 사천당문이 건재함을 만천하에 알리겠다는 것이 문주의 뜻입니다."

"크하하. 그런 지랄을 한다고 본좌가 죽인 비독견들이 살아 돌아오기라도 한단 말이냐? 어리석은 놈들."

"당문은 그리 믿습니다."

"그래서 본좌를 생포하러 왔다?"

"그렇습니다."

"신물주임을 숨겨야 하는 네놈의 입장에선 그리 반길 일이 아니지 않느냐?"

"그래서 직접 온 겁니다."

"아하. 크하하. 일이 재밌게 돌아가는구나."

"선배님께 물을 것이 있습니다."

"무엇이냐?"

"빙정은 어찌 된 겁니까?"

"독경지천에서 찾아냈지만 살아 있는 몸으론 도저히 감당할 수 없는 음기이기에 한곳에 숨겨두고 그 주변에서 음기만 훔쳐 먹었다. 하지만 결국 그것만으로도 부족한 지경에 이르렀지."

"그렇다면……."

"어차피 생명이 끝나가는 마당이었다. 그래서 심장 옆에 넣었다. 아마 그때부터 나는 인간의 범주에서 벗어난 듯하다."

"흐음……."

"왜 그러느냐?"

"단전에 제 검을 품고 계시지 않으셨습니까?"

"그렇지. 가져가라."

"감사합니다. 그런데… 양강지검이어야 할 역화검에서 강력한 음기가 느껴집니다만."

"본좌도 놀랐다. 설마 역화검의 양기가 두 음기의 마찰로 인한 양기일 줄은. 그 속에는 한 어린 여인의 사념과 음기를 품은 영물 이 두 가지가 서로 상충하며 양기를 만들고 있었다. 그중 여자의 사념이 사라졌기에, 음기를 품은 영물의 음기가 온전히 발산되는 것이다."

"혹 그 여자가 누군 줄 아십니까?"

"본좌가 죽인 여자 중 가장 최근에 죽인 여자이더군. 그것도 나이가 아주 어렸어."

"……"

"내가 그 대장장이에게 의뢰한 검이 음기를 품어야 정상이라, 설마 네 역화검이 그 검일 줄은 몰랐다. 수작질 한번 크게 벌였구나. 본좌가 눈치챘다면 넌 죽은 목숨이었을 것이다. 어쩐지 수상하다 했는데 말이지."

"저도 살기 위해 그런 것이니 이해하십시오."

"크하하! 본좌 또한 본좌가 살기 위해 한 모든 일을 악행으로 생각하지 않는다. 따라서 네놈의 행동을 정죄하지 않겠다."

"……"

"검을 집으니 몸에 마기가 가득 차는구나."

"이젠 완전한 천마에 이르렀습니다. 그러나 음한지검으로 변한 역화검에 극양혈마공이 얼마나 잘 적응할지는 모르겠습니다만."

"그보다 완전한 천마라니? 무슨 불완전한 천마가 따로 있는 것처럼 말하는구나."

"검공과 심공이 절정에 도달하였는데, 이 역화검이 없어 깨우친 검공을 제대로 펼칠 수 없었습니다. 이젠 검공을 온전히 펼칠 수 있으니 완전한 천마가 된 것입니다."

"그거랑 천마랑 무슨 상관이냐?"

"예?"

"네가 심공과 검공에 있어 절정에 도달한 것과 천마랑 무슨 상관이란 말이냐?"

"외공과 내공 그리고 심공 모두 절정에 도달하면 입신입니다. 이중 둘을 이룩했으니 천마에 오른 것이라 말한 겁니다."

"특이한 해석이군. 그럼 지마는? 하나만 절정을 이룩한 것이냐?"

"그렇습니다."

"누구의 해석이냐?"

"입신에 오른 나지오 부교주님의 해석에 제 해석을 조금 더 보탠 것입니다."

"그 백도 나부랭이 말이냐? 그 백도 출신 장로 아래서 낑낑 거리며 마공을 익히던 놈이 입신에 올랐단 말이지? 크하하, 아마 그 누구도 예상하지 못한 일을 해냈군."

"……."

"어쩐지 말하는 꼬락서니가 백도 아이들이 논하는 유치한 수준이라 느껴졌다. 백도무공을 제대로 익혀본 적도 없는 네가 왜 그런 생각에 휘말렸는지 알 수가 없구나. 혹 익히거나 어떤 영향이 있었느냐?"

"금강부동신법을 익혔습니다만."

"잠깐. 혹 그를 위해 금강부동심법도 익혔느냐?"

"참고하기 위해 몇 번 읽기만 했습니다."

"내 생각보다 더 미친놈이군. 마공 중의 마공인 극양혈마공을 익히면서 퇴마의 기운을 가진 불공 중의 불공인 금강부동심법을 읽어? 왜 내 스승이 그리 오랜 시간 동안 금강지에서 금강부동심법을 없애려 했는지 모르느냐? 그런 짓을 했으니 이런 부작용이 나타나는 것 아니냐?"

"무슨 부작용 말입니까?"

"답답한 놈이군. 기본 중에 기본을 모르다니. 네놈은 마공과 정공의 차이가 무엇이라 보느냐?"

"해석의 차이 아닙니까?"

"그 해석의 차이가 무엇이냐?"

"정공은 형이상적인 해석을 하고 마공은 실질적인 해석을 합니다."

"좋다. 그럼 마공을 익히는 데 있어 가장 피해야 하는 것이 무엇이냐?"

"그건, 잘 모르겠습니다만."

"반대로 생각하면 쉽다. 정공을 익히는 데 있어 가장 피해야 하는 건, 마에 빠지는 것이다. 그렇다면 마공을 익히는 데 있어 가장 피해야 하는 건 당연히 정에 빠지는 것 아니겠느냐?"

"정이라면?"

"정공적인 생각 말이다. 마공적인 해석 방법은 모든 걸 하나

하나 일일이 정의를 내리고 꼼꼼하게 따지는 특성이 있는데, 그러다 보면 정의를 내릴 수 없는 흐름조차 정의를 내리려고 안간힘을 쓰게 된다."

"무슨 의미인지 이해가 가지 않습니다,"

"이 세상의 색(色)이 몇 가지나 된다고 보느냐?"

"백 가지가 넘지 않겠습니까?"

"그럼 그 백 가지의 색 중 둘을 모아 섞는다면 새로운 색이 나오는 것 아니냐?"

"그렇습니다."

"색의 수는 정해져 있느냐 정해져 있지 않느냐?"

"정해지지 않았습니다."

"동물의 숫자는 어떠하냐? 개와 소가 있다면 그 중간이 있느냐?"

"없습니다. 그러니 동물의 숫자는 정해졌다 말할 수 있습니다."

"바로 그것이다. 이해가 빠르구나."

"……"

"흐름은 흐름 그대로를 봐야 하는 것. 흐름 하나하나에 정의를 내리면 그 안의 모순은 모두 네가 나중에 떠안아야 할 숙제가 될 것이다."

"그렇다면 나지오 선배의 해석이 틀린 것입니까?"

"지마니 천마니 하는 것도 지랄에 불과하다. 본좌가 인마였을 적에 지마 놈 한 명을 쳐 죽였다. 그랬더니 나보고 지마급이라고 하더라. 나는 나였다. 변한 건 없는데, 인마에서 지마가 되었지. 이 얼마나 무의미한 짓이냐? 지마도 천마도 그냥 마인일 뿐. 익힌 특성과 무공에 따라 사람의 차이는 항상 다른 것이고, 이를 그런 계급으로 나누는 것 자체가 가당키나 하냐?"

"기준이라는 것이 있지 않습니까? 지마급부터는 확실히 인마급과는 다릅니다. 모든 종류의 변수가 극히 적어져 싸움의 결과가 실력의 상하 그대로 나오게 되는 시점이니 다르게 부르는 것 아닙니까?"

"발경이 자유로워져서 말이냐?"

"예?"

"그놈의 발경이 문제야. 절정고수나 초절정고수나, 지마니 천마니 하는 모든 것이 그저 발경으로 인해 무공이 변화하며 생긴 것으로밖에 보이질 않는다. 무리 없이 검기를 쏘기 시작하니 그 아랫것들이 하찮아 보이고, 무리 없이 검강을 쏘기 시작하니 그 아랫것들이 하찮아 보여 나는 지마다 나는 천마다 이 지랄하는 게 아니냐? 크하하! 그렇게 보면 입신도 그저 반로환동을 하고 지랄하는 게지. 파괴력으로 보면 계단식으로 보이겠지만, 어찌 무(武)가 파괴력 하나로 정의된단 말이냐?"

"……."

충격적인 말.

그 앞에서 피월려는 아무런 말도 할 수 없었다.

무엇보다도 가도무의 입에서 이런 말이 나왔다는 걸 믿을
수 없었다.

무가 파괴력 하나로 정의되지 않는다니.

수많은 악행을 저지른 천살성 마인에게 무가 파괴력이 아니
면 뭐란 말인가?

피월려가 묻기 전에 가도무는 말을 이었다.

"강은 강이다. 이를 상류, 중류, 그리고 하류로 나누는 건
인간이다. 그러면 어디까지가 상류이고 어디까지가 중류이며
어디까지가 하류이냐? 물의 맑음의 차이이더냐, 강의 깊이의
차이이더냐? 그도 아니면 높이의 차이이더냐? 상류가 더 탁
할 수도 있고, 더 깊을 수도 있고, 더 낮은 곳에서 샘솟을 수
도 있다. 인간이 먹을 수 있는 맑음부터 상류라 칭하고, 씻을
수 있는 맑음부터 중류라 칭하고, 그 아래를 하류라 칭한다고
해서, 강의 맑기가 저절로 나누어지더냐? 강의 맑기는 서서히
탁해지는 것. 그뿐이거늘……. 겨우 먼지 몇 조각이 뭉쳐 만
들어진 인간의 얄팍한 기준으로 상중하를 나누고 이에 계급
을 부여하는 것 아니냐? 입신이니 초절정이니 절정이니 하는
것도 그와 같다."

"자연은 그러할 수 있습니다. 그러나 지금 우리가 논하는 건 무공 아닙니까? 인간의 산물인 이상 인간의 기준이 적합할 수 있을 것입니다."

"인간 또한 자연의 부분 아니더냐?"

"그렇다면 인간의 잣대로 자연을 판단하는 것 또한 합당하지 않습니까? 인간이 자연의 부분이라면 인간의 잣대조차 자연의 것이기 때문입니다."

가도무는 잠시 말이 없었다.

"…그래, 그래. 좋다. 크하하! 본좌의 무학에 따박따박 말대꾸하는 걸 보니 네놈도 본좌와 비슷한 수준에 이른 것이 분명하구나. 하나 그 생각을 발전시키지 못한다면 본좌가 장담하건대, 네놈은 더 높은 수준에 이르기는커녕 오히려 각 무공 간의 상성으로 인해 퇴보할 것이다."

"저보다 더한 정공적인 생각을 가진 나지오 선배께서도 입신에 올랐습니다. 또한 정통적인 마공을 익힌 교주께서도 입신에 올랐다 합니다. 그러니 어느 길이든 결국 그 끝에는 입신이 있는 것 아니겠습니까?"

"그럴 수도 있지. 그런데 교주가 입신에 올랐다고 했느냐?"

"예."

"정통마공을 익힌 교주는 천마일 뿐이다. 조화를 깨부수는 마공에 조화의 정점이 어디 있더냐?"

"때문에 그것을 혼돈경이라 한다 합니다."

"혼돈경? 듣도 보도 못한 단어군. 네놈은 그 사실을 믿느냐?"

"모르겠습니다. 그런데 마공에는 정녕 입신에 해당하는 경지가 없습니까?"

"단언컨대 없다. 천마는 천마일 뿐이야. 그대로 계속 강해질 뿐이다. 강해지고 강해져서 입신과도 동일한 수준에 이를지언정, 어느 순간 갑자기 환골탈태하여 급속도로 강해지는 조화경과 비슷한 현상은 나타나지 않는다."

"교주의 모습도 굉장히 앳돼 보였습니다만. 그 또한 반로환동이 아닙니까?"

"점차 그리되는 것이다. 한 번에 그 경지에 이르는 것이 아니라."

"……"

"그렇게 강해지고 강해져서 결국 입신의 경지를 뛰어넘을 때까지 강해진다면… 과연……. 혼돈경이란 이름이 어울리겠구나. 누구도 이룩하지 못한 경지로 참으로 어울리는 단어다."

"교주가 그 경지에 올랐다고 믿지 않으십니까?"

"교주는 강하나, 본좌가 느낀 바로는 그 마기가 몇 년이나 정체되어 있었다. 아니라 본다."

"……"

"물어볼 것은 다 물었느냐?"

"그렇습니다."

"그럼 본좌도 한 가지 부탁이 있느니라."

"무엇입니까?"

"본 교에 사체(死體)에 관해 저명한 좌도의 고수분이 계신다. 그분에게 본좌를 데려가라."

"귀목선자 미내로 어르신을 말하시는 겁니까?"

"그렇다."

"무슨 일로 그러십니까?"

"내 존재는 유지케 되었으나, 사지를 움직일 순 없느니라. 사체에 고명하신 그분이라면 이 몸을 움직이게 만드실 수 있다."

"그분께서 과연 도와주시겠습니까? 영약들을 훔쳤던 지난번 일을 잊지 않으실 겁니다."

"본좌가 스스로 실험체가 되어주겠다는데 마다하실 분이 아니다."

"도박이군요."

"도박이지."

"그 부탁을 들어주는 데는 몇 가지 무리가 있습니다. 사천당문에서 옮기는 것을 반대할 것이고, 옮기다가 발각되면 다른 문제로 크게 이어질 것입니다. 또한 미내로 어르신께서 이에 대해 어찌 반응하실 지도 미지수입니다."

"그래서 도박이라 하지 않았느냐? 도와줄 것이냐? 아니면
외면할 것이냐? 네가 외면한다면 본좌는 이 썩지도 않는 몸에
영원히 갇혀 살아야 하니 솔직히 두려움이 앞서는 것이 사실
이다."

"천살지장이라는 별호를 가졌으면서 두려울 것이 있습니
까?"

"본좌는 죽음이 두렵다."

"……"

"그래서 죽이고 또 죽였다. 살려고 말이다. 그러니 피월려,
본좌를 살려내라."

"제가 살려주면 무엇을 제게 주실 수 있습니까?"

"내가 살아나 활동해야, 네가 신물주임을 숨기는 데 무리가
없지 않느냐?"

"어차피 일 년 뒤엔 손쓸 도리가 없습니다. 그러니 선배를
살리는 도박을 할 이유도 없습니다."

"내 양기를 해결하고자 본 교의 읽지 않은 마공이 없다. 그
중에 음양의 균형을 뒤틀어 마기를 생성하는 마공들은 눈앞
에 펼쳐놓은 것처럼 외울 수 있다."

"제안이 무엇입니까?"

"극양혈마공과 극음귀마공의 모태가 되는 태극음양마공의

구결을 알려주마."

"낙양지부 일대주가 된 지금, 태극음양마공은 언제든지 열람할 수 있습니다."

"본 교에 있는 태극음양마공은 무단전의 마공이 아니다. 그것은 사녹 선배의 손을 거치기 전의 것이지. 본좌는 네가 무단전의 마공을 익혔다는 사실을 처음 알게 되고 나서부터 본좌가 아는 모든 마공을 전부 무단전의 마공으로 바꿔가며 내 속의 양기를 해결할 실마리를 찾아왔다. 그중 하나가 태극음양마공이며, 이 또한 무단전의 마공으로 바꾸는 노력을 했었다. 그걸 네게 알려주겠다는 것이다."

"……"

"태극음양마공의 도움 없이 극양혈마공은 절대로 12성에 이를 수 없다. 12성까지 끌어올려 네 스스로 극양혈마공 자체를 뜯어고쳐야만 극음귀마공으로부터 자유로울 것이다."

"확실히 극양혈마공은 그 자체로는 미완성의 마공이기 때문에 그 모태가 없이는 대성할 수 없습니다."

"본 교에 있는 태극음양마공은 모태라 할 수도 없다. 극양혈마공이 태극음양마공에서 떨어져 나온 후에, 수많은 사람에 의해 극단적인 수정이 있었고 이를 마지막에 다듬은 사녹 선배의 손길까지 모두 무시할 수 없기 때문이다. 본좌는 음양에 관해서라면 중원 그 누구에게도 지지 않는 지식과 이해를 가지고 있다. 만일 태극음양마공에 더해진 내 깨달음을 얻는 다면. 네가 향후 오 년에서 십 년 이상의 명상으로 깨달을 수 있는 수준에 며칠 만에 이를 수 있을 것이다."

"보장은 없지 않습니까?"

"태극음양마공은 지극히 정통적인 마공이기에 마공에 이해 가 부족한 네가 함부로 건들 수도 없고 바꿀 수도 없는 것이 다. 여기에 사녹 선배의 깨달음을 덧붙여 네가 가진 극양혈마 공으로 적용시킬 때까지 네 속의 양기가 버틸 수 있으리라 생 각하느냐?"

"......"

"잘 생각해라, 피월려."

"좋습니다. 하나, 사체가 된 선배의 몸을 옮길 뾰족한 수가 있습니까?"

"그야 간단하다. 네 검을 본좌에게 쥐어주기만 하면 된다."

"역화검을 말입니까?"

"그 검은 사기를 생기로 바꾸는 묘한 능력이 있다. 이를 이 용하여 내 몸의 사기를 생기로 바꾼다면, 이를 바탕으로 몸을 움직이는 것이 가능할 것이다. 내가 그 검을 들고 스스로 낙 양지부의 묘장까지 갈 테니, 네가 나설 일은 없다."

"그럼 애초에 왜 제게 주신 겁니까?"

"네가 양기를 불어넣어줘야 하기 때문이다."

"넘치는 양기로 죽음에 이르게 된 것 아닙니까? 어찌 양기가 부족하십니까?"

"내 몸속에서 만들어지는 모든 양기는 내 몸에 자리 잡은 여우 놈이 모조리 흡수하여 빙정과 대적하고 있는 중이다. 만약 조금이라도 양기가 내 몸속에 있다면 전부 빨려 버리지. 때문에 외부에서 양기를 공급할 수 있는 매개체가 필요하다."

"어쩐지 바로 주신다 했습니다."

"크하하."

"그럼 검의 음기와 제가 넣은 양기, 이 둘의 조화로 생기를 만들어 움직이시겠다는 겁니까?"

"그렇다."

"이론적으론 그럴싸하나, 이를 가능케 하는 기술이 있으십니까?"

"본좌는 좌도인이라 불려도 좋을 만큼 음양의 기술에는 일가견이 있느니라. 네가 걱정할 것이 아니다. 너는 그 마검에 가득 찰 정도로 양기를 넣고, 내 손에 쥐어줘라. 그것으로 네 할 일은 끝이다."

"이제 가까스로 천마급에 이르렀는데, 이걸 또 도박에 내걸어야 한단 말입니까?"

"말하지 않았더냐. 흐름을 정의하지 말라고. 검이 없다고 지마고 검이 있다고 천마라니……. 쯧쯧쯧. 백도 나부랭이들도 그런 어정쩡한 건 좌도라 할 것이다."

"이 검과 함께 얻은 깨달음은 절대로 다시 얻을 수 없는 수준의 것입니다. 그리 쉽게 말씀하실 수 없습니다."

"도박이 성공하면 다시 되찾으면 그만 아니냐? 내 귀목선자를 만난다면 더 이상 그 검이 필요하지 않을 것이다. 어차피 양기의 한계가 있어 오래 쓰지도 못할 텐데, 내가 왜 돌려주지 않을 거라 생각하느냐?"

"도박이 실패한다면 사천당문과의 관계가 박살 날 것입니다. 동시에 제가 신물주임이 만천하에 드러나, 사방에서 적들이 달려들어 죽음을 면키 어려울 겁니다."

"시도조차 하지 않는다면, 본좌가 죽고 신물주가 아닌 것이 들통나 네가 다시금 의심을 받을 거다. 도박을 시도하지 않는다 해도 결국 도박에 실패한 것과 똑같은 결과로 귀결되는 것인데, 왜 하지 않겠다는지 이해할 수 없다."

"다 압니다. 그리고 할 것입니다. 그저 내키지 않아 그런 것입니다."

"크하하! 그러냐?"

"꼭 돌려주십시오."

"물론이다. 나는 현재 거짓을 말할 수 없는 입장이니, 내 말을 믿어도 좋다."

"무슨 뜻입니까?"

"현세에서 존재를 유지할 수 없어 이계의 힘을 빌린 입장이니, 내 입으로 거짓말을 했다간 내 존재 자체가 부정당하게 된다. 그런 뜻이다."

"현세에 존재를 유지할 수 없다면 지금 제 앞에 계신 건 뭡니까?"

"내가 지금 네 앞에 있느냐?"

"그, 그것이……."

"내가 보이지만 내가 앞에 있다 말할 수는 없다. 맞느냐?"

"그, 그렇습니다."

"너와 네가 지금 있는 이곳은 앞도 뒤도 옆도 아래도 없다. 그저 각각의 공간이 별개로 있고 그 안에 몇몇 의식이 존재할 뿐인 곳이다."

"설마, 여기가 이계입니까? 깨닫지 못했습니다."

"이곳은 공간의 선형조차 통합된 곳이다. 인간의 그 어떠한 말로도 이곳을 설명할 수 없다."

"이 정도의 대칭이라니……. 도대체 몇 층에 있는 겁니까?"

"의식의 이면을 세 번 뒤집어야 올 수 있으니……. 편의상 삼 층이라 할 수 있지."

"……."

"본좌는 이런 밑바닥에서만 그나마 존재할 수 있는 몸이 되었다. 그러나 분명히 존재하지!"

"미내로 어르신도 선배를 구제할 수 있을지 모르겠습니다."

"그건 그때 가서 생각할 문제다. 자, 나와 대화가 끝났으니, 나가라."

"어찌 나갑니까?"

"생각해라. 나가고 싶다고. 그러면 그리된다. 여기는 그런 곳이다."

"중간에 갇히면 어찌 됩니까?"

"걱정 마라. 네 의식을 여기까지 끌고 오느라 생긴 반동으로 밖으로 나갈 때는 즉시 현세에 도달할 테니. 나가는 길에 여우 놈에게 말 한 마디 전해라."

"예?"

"기필코 소생하여 현세에서 마주 보겠노라고."

눈앞이 하얘지며, 여우가 튀어나온다.

[간만이네요. 어서 따라와요.]

뒤를 보니 검은 손이 그를 향해 손을 뻗는다.

그는 여우의 일곱 꼬리를 쫓아 무작정 뛴다.

"아루타?"

[네. 이제 기억하세요?]

"그 많은 일을 어떻게 그리 까마득하게 잊고 있었는지⋯⋯."

[제가 그리했으니까요. 흑설은 잘 있죠?]

"나에게도 소식이 없어."

[재밌는 아이였는데.]

"그때, 사지가 찢겨 죽은 거 아니었어?"

[현세에서는요. 저 같은 요괴는 존재를 대부분 이계에 두기 때문에 그리 큰 피해는 아니에요. 그런데 제 혼백이 이계로 들어오자마자 낙양흑검이 절 붙잡으려고 아주 단단히 자리 잡고 있더라고요. 전에 놓친 걸 아주 벼르고 있었는지 화가 나서는, 호호호.]

[그래서?]

[낙양흑검은 매우 강력한 원한을 지닌 악령이지만, 술법으로 시공간을 다루는 여우 요괴를 붙잡기엔 턱없이 부족하죠. 이리저리 도망 다니면서 꽤 재밌게 놀았어요. 그러다가 양기에 익숙한 영혼을 낙양흑검이 포박한 걸 보곤, 얼른 접근해서 제안을 했죠.]

"이제는 가도무의 몸에 기생하는 건가?"

[엄밀히 말하면 공생이에요. 저도 그도 소멸에 근접한 존재이니까요.]

"가도무가 전하라 했다. 기필코 소생하여 현세에서 마주 보자고."

여우가 웃는다.

[네. 꼭 현세에 남아, 흑설이도 보고 싶네요.]

문밖으로 나가기 직전 피월려는 여우를 돌아본다.

여우는 다리를 모으고 앉아 아홉 꼬리를 좌우로 느리게 흔들고 있다.

마치 사람이 손을 흔들며 인사를 하는 것 같다.

피월려는 문을 나왔고, 곧 의식이 현세에 도달한다.

제칠십장(第七十章)

피월려가 정신이 들자, 그의 눈에 처음 보인 건 어두운 실내였다. 촛불이 흔들거리는데, 그 옆에서 제갈미가 턱을 괴고 반쯤 감긴 눈으로 선잠을 자고 있었다. 일어나기 위해서 힘을 쓰는데, 전신에서 느껴지는 고통에 피월려는 작은 신음 소리를 내었고, 그 때문에 제갈미가 잠에서 깨어나게 되었다.

"괜찮아?"

피월려는 몸속 곳곳에서 따뜻한 것이 몸 전체로 퍼지는 것 같은 기분을 느꼈다. 뼈와 근육이 피를 공급받아 찌르르한 느낌이 연속적으로 뇌를 강타했다. 한 자세로 계속 누워 있었더니, 핏물이 오랫동안 몸 곳곳에 고여 있다가 그가 움직이자 서서히 전신으로 고루 퍼지는 것 같았다. 몸을 뒤척일 수 없을 만큼 깊이 기절해 있었다면 이는 육신의 통제를 완전히 잃었다는 것이고, 이는 거의 빈사 상태나 다름없었다는 말이 된다.

"얼마나 지났지?"

제갈미는 그의 안색을 살피며 조용히 대답했다.

"삼 일 정도. 조금 있으면 처서(處暑)지."

여름의 시작을 알리는 입하(立夏)가 어제 같은데, 벌써 처서가 눈앞이라니……. 여름이 시작할 때 낙양을 떠났는데 돌아갈 때가 되니 가을이 되었다.

피월려는 정신을 차리기 위해 머리를 흔들었다.

"가도무는?"

"사천당문의 대문 꼭대기에 걸려 있어. 그런데 어떻게 된 거야?"

"뭐가?"

"너, 숨이 멎어 있었어."

"숨이?"

"그런데 혼백이 몸에서 떠나지 않아 맥은 미약하게 살아 있었지."

"용케 안 묻었군."

"내가 말렸지. 살려낼 수 있다고."

피월려는 등에서 느껴지는 딱딱한 느낌에 제갈미에게 물었다.

"내 등 뒤에 있는 게 내 검인가?"

"응. 네 몸과 조화를 이루기에 같이 놔두었어. 억지로 떼어놓으면 무슨 일이 일어날지 몰라서."

"몸이 무겁다."

"거의 죽어버린 몸이 썩지 않게 기문둔갑을 펼쳐놔서 그래. 이제 없앨게."

제갈미가 기문둔갑을 해체하는 동안 피월려 앞에 원설이 모습을 드러냈다.

"깨어나셨군요. 이대로 영영 돌아오시지 않을 줄 알았습니다."

"흐음, 자칫 잘못했으면 그랬을지도 모르지."

"……"

"가도무는 어떻게 되었소? 내 검을 그의 단전에서 뽑으면서 무슨 일이 있지 않았소?"

"그 검은 대주께서 뽑으신 것 아닙니까? 두 분이 호숫가에 쓰러졌을 때, 이미 대주께서 손에 역화검을 쥐고 계셨습니다만."

"…기억나지 않소. 그럼 가도무에겐 아무 일도 없었던 것이오?"

"천살지장의 심장에는 빙정이 박혀 있었습니다."

"빙정? 지금 그건 어디 있소?"

"그 누구도 그의 몸에서 빙정을 제거할 수 없었습니다. 빙정의 음기로 인해 몸이 완전히 얼어붙은 가도무의 몸은 도검불침(刀劍不侵)이었습니다. 사천당문에서는 하는 수 없이 그대로 가도무의 시체를 대문 높이 걸어놓았습니다."

도검불침이란, 금강불괴 상위의 것으로 검뿐만 아니라 검기조차도 뚫을 수 없는 수준의 단단한 것을 말하는 것이었다. 이는 사람에게 쓰는 말이 아니라 도구에 쓰는 말로, 만년한철과 같이 기에 면역성을 가진 물질로 만들어진 도구를 도검불침이라 불렀다. 애초에 무공의 경지로 쓰이는 말이 아니기 때문에 가도무의 몸이 도검불침이 되었다는 말은 무공으로 그것에 이르렀다는 뜻이 아니었다.

피월려는 고개를 갸웃거렸다.

"설마 빙정을 되찾을 방법을 탐구하는 것보다, 일단 대문에 걸어놓는 것이 더 효과적이라 보는 건가? 이해할 수 없군. 아무리 복수심이 깊다 해도 문주는 상당히 현실적인 사람으로 보였는데."

"그래도 그 일로 인해 사천당문이 영향력을 어느 정도 회복한 듯합니다."

피월려가 눈살을 찌푸렸다.

"정말이오?"

그 말에 제갈미가 덧붙여 설명했다.

"가도무는 상징적인 거고. 가장 큰 부분은 문주의 수완이지. 새로 들어오는 인원들은 과거 행적을 모두 불문에 붙이고 그대로 당의 성씨를 부여함과 동시에 누구라도 비독견이 될 수 있는 자격을 준다고 했어."

"혈통을 소중히 하던 사천당문에 새바람이 불겠군."

"이것이 성공할지, 혹은 실패할지는 나도 도저히 예상할 수 없어. 한번 지켜봐야지."

"그럼 이제 사천당문은 정식으로 입교하게 되는 건가?"

원설이 대답했다.

"마궁께서 본 교로 귀환하면서, 사람을 보내겠다고 하셨습니다. 그들이 사천당문의 인원들에 맞추어 마단을 가져와 그들의 입교식을 치루겠다 했습니다."

"그럼 더 이상 내가 할 일은 없군."

"그렇습니다."

임무 완료.

피월려는 무거웠던 마음의 짐을 내려놓는 것 같았다.

단 한 가지만 뺀다면.

"원설. 지금 상태가 어떠하오?"

"귀환 길을 대비해서 최상으로 유지하고 있습니다만. 무슨 일이시기에 그러십니까?"

"혹 주변에 엿듣는 자가 있소?"

"단언하건대 없습니다."

"이 역화검을 받으시오."

피월려가 검을 건네주자, 원설이 조금 망설였다.

"그 검, 혹……."

"맞소. 내 검이오."

"왜 저에게 주십니까?"

"이를 가지고 은밀하게, 그 누구도 눈치채지 못하게 가도무에게 가져다주시오."

"가, 가도무에게 말입니까?"

"그렇소. 이미 내 양기를 충분히 가지고 있으니, 그가 움직이는 데 무리가 없을 것이오."

"그게 무슨 뜻입니까? 가도무가 움직이다니요? 이미 죽은 자 아닙니까?"

"그 검을 손에 쥐어주면 될 것이오. 그 즉시 빠르게 그 자리를 벗어나시오. 되살아난 가도무가 제정신이라고 확신할 수는 없으니."

"일이 잘못되면……."

"어쩔 수 없소."

피월려의 시선을 지그시 보던 원설이 이내 마음을 굳히고 포권을 취했다.

"알겠습니다."

그녀는 피월려의 역화검을 받아 들고는 어둠 속으로 삼켜졌다.

그 순간 피월려는 속에서부터 극양혈마공이 꿈틀거리는 것을 느꼈다. 그 때문에 그의 안면이 조금 떨렸고, 이에 제갈미가 조심스럽게 물었다.

"괜찮아? 저 검… 가지고 있는 게 좋지 않아?"

피월려가 대답했다.

"기절했을 때 가도무를 만났다. 그때 내게 요구한 것이 바로 역화검을 자기 손에 쥐어달라는 것이었다."

"가도무를 만났다고? 뭐, 꿈에서?"

"아니, 설명하긴 복잡하군. 하여간……."

제갈미는 피월려의 말을 막고는 그의 어깨를 통통 쳤다.

"미쳤어. 그 검으로 완전한 천마에 오른다고 하지 않았어?"

"그랬지."

"앞으로 극양혈마공과 무슨 조화를 일으킬지 모르는데, 갑자기 떼어버리면 어떡해? 큰일이 날 수도 있어."

피월려가 귀찮다는 듯이 중얼거렸다.

"아, 그런 일이 있어."

"뭔데? 그게?"

"이계의 일이라 기억이 잘 안나."

"이계(裏界)? 무슨 뚱딴지같은 소리야."

"기문둔갑의 천재라면서, 이계도 모르나?"

"당연히 알지. 근데 그 말이 왜 네 입에서 나오냔 말이야."

"이계에서 가도무를 만났다. 그리고 대화를 했지. 부분부분
은 생각이 나질 않지만, 그와 한 거래가 무엇인지는 확실히 알
고 있다. 그중 하나가 내 검을 그에게 가져다주는 것이었어."

제갈미는 눈을 날카롭게 뜨고는 피월려를 노려보았다.

"개꿈 아니야?"

"아니야."

"……."

"왜?"

"이계의 일이라면 내게 더 말하지 마. 네게 일어난 이계의
일을 내가 더 알아 좋을 게 없으니."

"무슨……."

"그런 게 있어. 하여간 몸은 어때? 언제쯤 돌아갈 수 있을
것 같아?"

"귀환 길에 따라 다르지. 아직도 종남파가 나를 찾는다면
멀리 돌아가야 할 테니, 몸을 더 회복해야겠지."

제갈미는 그럴 줄 알았다며, 한쪽 구석에서 큰 종이를 집어
와 그의 침상 위에 펼쳐놓았다. 그 위에는 지도 같은 그림이

빼곡하게 차 있었다.

"네가 일어나면 논하려고 준비해 놨어. 일단 이 길로 택하면……"

피월려는 그녀의 말을 잘랐다.

"지금 꼭 해야 할 일이 있어."

"뭐?"

"이건 나중에 하자. 지금은 문주를 만나야 돼."

"왜? 아직 몸도 성하지 않으면서."

"내가 일어난 즉시 문주를 만나야 의심을 받을 여지가 없어."

"……."

제갈미는 무슨 뜻인지 간파하고는 입을 살포시 벌렸다. 정신을 차리자마자 이런 생각들을 해내는 피월려의 순발력에 놀랐기 때문이다.

"어서, 나 좀 부축해."

"알았어."

제갈미의 도움을 받은 피월려는 천천히 걸음을 옮겨 문주의 거처로 향했다.

*   *   *

흔들리는 촛불 몇 개로 일처리를 하던 당우림은 굉장히 피곤해 보였다. 그의 앞에는 산더미 같은 서류가 가득했는데, 그것은 천마신교 마조대가 최근에 사천당문에 입문하려는 인물들의 과거를 캐낸 정보였다. 과거를 묻지 않고 입문을 허락한다 했으나 그들이 어느 배경을 가지고 있는지 알아놓아야 미래에 있을 후환에 대비할 수 있기 때문에, 문주는 그들이 가진 위험성을 비교하여 상중하로 분류하고 있는 중이었다.

당우림은 서류를 내려놓고 시녀가 데려온 피월려와 제갈미를 향해 물었다.

"몸은 어떻소?"

"거동할 만합니다."

"야심한 시각인데 쉬고 내일 뵙는 것이 좋지 않겠소?"

"간단한 확인 절차만 끝내면 되니 독안구 어르신의 일을 크게 방해하지 않을 것입니다."

"앉으시오."

피월려와 그를 부축하는 제갈미를 바라보는 당우림의 눈빛은 냉담하기 이를 데 없었다. 사천당문의 존속을 위하여 천마신교의 도움을 얻었고, 그 결과 입교를 할 수밖에 없는 상황에 놓였지만, 당우림은 사천당문의 정체성을 잃어버릴 생각은 추호도 없었다.

얻을 것을 모두 얻은 천마신교는 이젠 그에게 적과도 같았

다. 이를 노골적으로 드러내는 시선에 피월려는 헛웃음을 지
어버렸다.

"이제 본 교에서 약속한 지원이 도착할 것입니다. 그러면 사
천당문의 모든 식솔과 무사들은 마단을 먹고 마인이 되어 천
마신교에 입교해야 할 것입니다. 이는 새로 입문하는 자들에
게도 적용되는 것으로, 그들도 자신들이 사천당문이 아니라
천마신교에 입교한다는 그 사실을 자각해야 할 것입니다."

당우림은 건성으로 고개를 끄덕였다.

"물론이오. 천마신교의 지원이 도착하여 약속대로 모든 것
이 성사된다면 전부 그리될 것이오."

"본 교라 칭해야 할 것입니다."

피월려의 날카로운 지적에도 당우림은 조금도 동요하지 않
았다.

"아직 마단을 먹지 않아, 내 몸은 역혈지체를 이루지 않았
소. 아직은 천마신교이지."

"……."

"용건을 말하시오. 혹여나 귀환 길에 도움을 바란다면 조금
도 드릴 수 없다는 점을 먼저 말하고 싶소. 새로 들어오는 자
중에는 아미파와 청성파의 척살령을 받은 자도 다수 있소. 뿐
만 아니라 지금 사천당문은 무리하게 세를 불리는 터라, 당장
에라도 아미파, 청성파와 전쟁에 돌입할 수도 있는 상황이오.

이 상황에서 종남파와 무당파의 원한을 산 낙성혈신마를 도와줄 여력이 없소."

설마 했는데 묻기도 전에 이리 내칠 줄이야. 피월려는 당우림이 이해관계에 있어서 철저하다는 생각을 다시금 했다. 아무리 계약상으로 한 것이지만, 목숨을 걸고 그들의 철천지원수인 가도무를 생포하여 끌고 왔는데 그에 관해 작은 감사함조차도 표현하지 않는 것이다.

그것이 당우림의 본래 성격인지, 아니면 멸문 직전인 가문의 문주라는 자리가 그렇게 만든 것인지는 확실하지 않았다.

피월려가 말했다.

"괜찮습니다. 귀환 길은 본 교의 도움을 받아 가면 됩니다."

"그럼 다른 용건이 있소?"

"가도무의 사체 처리에 관한 것입니다. 지금 사천당문의 대문에 높이 걸려 있다고 들었습니다만."

"그렇소."

"그의 사체를 가지고 귀환하려 합니다."

"……."

"……."

둘은 말이 없었다. 가도무를 죽이라는 조건에서 둘의 생각이 명확하게 달랐었기 때문이다. 피월려는 그를 생포하여 본교에 데려가겠다는 것이었고, 당우림은 그를 사천당문의 대문에 높이 걸어, 사천당문이 복수에 성공했다는 것을 만천하에 알리겠다는 것이었다. 때문에 이 일을 피월려가 걸고넘어지자 방 안에 어색한 기류가 생성된 것이다.

입을 먼저 뗀 것은 당우림이었다.

"그를 생포하여 천마신교에 데려가겠다는 낙성혈신마의 말은 그를 엄벌에 처하기 위해서라고 들었소. 그런데 이미 죽어 시체가 된 그의 몸을 왜 끌고 가겠다는 건지 알 수 없소."

"부관참시라는 좋은 제도도 있지 않습니까? 그리고 또한 그것뿐만이 아닙니다."

"무엇이오?"

"그는 몸에 빙정을 품고 있었습니다."

"그래서?"

짐짓 모른 척하는 당우림을 보며 피월려는 비웃음을 얼굴에 그렸다.

"이는 본래 본 교의 것으로 전에 도둑맞은 것입니다. 그가 훔쳤는데, 이를 다시 가져가야 하겠습니다."

당우림은 이상하다는 듯 턱을 쓸며 말했다.

"빙정이 언제부터 천마신교의 것이었소? 그것은 북해빙궁의 것이지."

"이번 빙정은 그들에게서 직접 받은 것입니다."

"그 빙정이 가도무가 가진 빙정이란 증거가 있소? 빙정의 수

명은 명확하지 않으니, 오래전에 유출된 빙정을 가도무가 가지고 있었을 수도 있지."

"낙양지부 제일대에 속하던 호사일이 직접 그 빙정을 운반하는 임무를 수행했었습니다. 그가 말하길 가도무가 훔쳤다 말했으니, 가도무가 가진 빙정이 본 교에서 잃어버린 빙정이라 확신할 수 있습니다."

"허허허, 그렇다면 확실히 가도무가 가진 빙정이 천마신교에서 분실한 빙정임이 틀림없겠군."

피월려는 갑자기 바뀐 태도에 이상함을 느꼈지만, 그대로 논리를 진행시켰다.

"그러니 그 빙정을 가져가겠습니다."

"그러시오."

"……"

"……"

"그럼 가도무의 사체를 대문에서 내리고 가져가겠습니다."

"그건 아니 되오."

"……"

"……"

"지금 저와 말장난을 하시는 겁니까, 독안구 어르신?"

"말장난을 하는 건 낙성혈신마이시오. 빙정을 가져간다 했으면서 왜 가도무의 사체를 가져가려는지 도무지 알 수 없군.

천마신교에서 필요한 건 빙정이고 사천당문에서 필요한 건 가도무의 사체이니, 서로 각각 필요한 것을 가져가면 그만이오. 그런데 왜 낙성혈신마는 가도무의 사체까지 욕심을 내는 것이오? 그 이유를 설명하시오."

아주 잠시 잠깐이지만, 피월려는 대답을 할 수 없었다.

노인네의 언변이 보통을 상회하는 수준이다. 피월려의 입장에서는 어차피 이미 이긴 판이니, 쉬이 상대만 하면 되지만 만약 판을 미리 짜두지 않았다면 분명히 크게 당했을 것이다.

피월려가 대답했다.

"빙정이 그의 심장에 박혀 있습니다."

"그럼 그것을 제거하면 되겠군."

"가도무의 신체가 빙정으로 인해 꽁꽁 얼어 도검불침이 되었다고 들었습니다만."

"아, 그건 분명 사실이오. 가도무의 사체가 본 문에 도착한 그 첫날에 본 문에서는 천마신교에게 빙정을 드리기 위해 가문의 모든 기술과 고수를 동원하여 빙정을 제거하려 했소. 그러나 그 어떠한 것도 가도무의 사체에 흠집조차 내지 못하였고, 때문에 그를 대문 위에 걸어 올린 것이오."

"……"

"낙성혈신마께서 빙정의 도검불침을 뚫고 빙정을 제거할 수 있다면 그리하시오. 그러나 가도무의 사체가 이미 대문에 걸려 있는 만큼, 그것을 내릴 수는 없소. 만약 지금 내린다면, 사천당문에 입문하려는 많은 자의 발걸음을 돌리는 결과를 낳게 될 것이오. 이는 천마신교에도 상당히 좋지 않은 것으로, 사천당문이 정말로 멸문하면 천마신교 또한 아무것도 얻을 것이 없다는 것을 명심하시오."

혀에 무슨 기름칠을 하면 저리 말을 할 수 있는지, 제갈미는 눈이 동글동글해졌다. 그녀도 어디 가서 뒤지지 않는 말솜씨를 지녔지만, 이는 단순히 머리가 똑똑하다고 잘하는 것이 아니었다. 상대방의 심리를 읽고 감정의 기복을 잘 다스리는 노련함 또한 굉장히 요구되기 때문에, 노년의 중후함을 가지지 못한 제갈미에게는 당우림의 언변이 상당한 귀감이 되었다.

피월려도 더는 할 말이 없었지만, 일단 대화를 이어가기 위해 말을 꺼냈다. 어차피 곧 시기는 다가오고 그러면 판세는 뒤바뀌어 그가 승리하는 그림이 될 것이기 때문이다.

"좋습니다. 제가 몸을 회복하여 검강을 쓰든지 아니면 천마급 고수가 와서 빙정을 제거하든지 하겠습니다. 그때까지 가도무의 사체를 잘 부탁드리겠습니다."

"그 부분은 걱정하지 마시오."

"그럼 신세지겠습니다."

당우림은 그 말을 듣자 갑자기 자기의 이마를 탁 치더니 말을 이었다.

"내 나이를 먹어 잠시 깜박했소만."

누가 봐도 연기인 것을 참 태연한 표정으로 하고 있다.

"무엇을 말입니까?"

"최대한 빠른 시일 내에 사천 땅을 떠나셔야 하오."

"갑자기 그게 무슨 말입니까?"

"그것이 낙성혈신마께서 사천당문에 발걸음을 한 것을 누가 본 모양이오. 이를 아미파와 청성파가 알았고, 또 소식이 구파 일방 전체에 퍼진 듯하오. 사실 그들은 보름에서 한 달 전쯤 부터 계속해서 낙성혈신마와 마교의 무리를 내놓으라 본 문에 요구해 왔었소. 지금까지는 봉문의 이유로 그들을 만나주지 않았소만. 이젠 아시다시피 봉문을 풀고 고수들을 받고 있는 실정이오. 때문에 그들의 요구를 회피할 명분이 없소."

"봉문을 푸실 때에, 이를 예상하지 못하셨습니까?"

"일이 많아 거기까지 미처 생각하지 못했소."

못하기는커녕 아예 피월려를 내쫓기 위해서 그리했다고 해도 믿을 수 있을 정도였다.

피월려는 속으로 쾌재를 불렀다. 그도 지금 상황에서 사천 당문에서 벗어날 좋은 핑계거리가 필요했기 때문이다. 그러나 그는 짐짓 화가 난 듯 방바닥을 쿵 하고 내려쳤다.

"해도 해도 너무하십니다. 어찌 목숨을 걸고 사천당문을 도와준 제게 이러실 수 있습니까?"

격한 감정을 적당히 섞은 피월려의 목소리는 마치 평정심이 깨진 어린 무림인의 치기 어린 목소리 같았다. 그 목소리를 듣자 당우림의 눈빛이 조금 누그러졌다.

세월의 노련함으로 피월려처럼 젊고 강한 무인을 상대하여 원하는 것을 모두 취하고 나서 쓰레기처럼 내동댕이칠 때는 강호의 참혹함을 머리 위에 들이붓는 기분이 들었다. 그리고 과거의 젊었던 그가 당했던 일들이 떠오르며 측은지심이 일어나 그의 마음을 누그러뜨렸다. 그러나 그렇다고 당우림은 자기가 얻는 것을 포기할 마음은 없었다.

"내 불찰이니 사과하겠소. 그러나 낙성혈신마께서 목숨을 보존하고 싶으시다면 당장에라도 사천 땅을 떠나는 것을 권하오. 아시다시피 사천당문은 낙성혈신마를 보호할 여력이 없소."

"참나……."

"유감스럽게 되었소."

그때 비독견으로 보이는 사내 한 명이 방 안에 들어왔다. 한참을 뛰어왔는지 숨을 헐떡이며 다급하게 말을 전했다.

"문주님, 큰일입니다."

당우림이 버럭 소리를 질렀다.

"손님이 계신다. 웬 호들갑이냐?"

비독견은 당우림의 호통에도 진정하지 못했다.

"간살색마가 사라졌습니다."

"뭐라!"

당우림은 자리에서 벌떡 일어나더니 곧 부릅뜬 눈으로 피월려를 노려보았다.

"설마, 낙성혈신마께서 꾸민 일이오?"

피월려는 얼굴을 굳히며 낮은 어조로 말했다.

"내가 꾸민 일이라니 무슨 소리입니까? 나는 방금 전까지 정신을 잃었다 이제 막 일어나서 바로 이곳에 왔습니다. 그동안 내가 무슨 일을 꾸몄다는 것입니까? 아니면 내가 선견지명이 있어 일이 이렇게 될 줄 알고 천살지장을 미리 빼돌리는 계획을 세웠다는 것입니까?"

"……"

당우림은 꿀 먹은 벙어리처럼 되었다. 그러나 피월려가 그를 방문하자마자 이런 일이 일어난 것은 기가 막힌 우연이라 하기엔 너무나도 절묘했다. 하지만 그렇다고 다짜고짜 증거도 없이 피월려를 힐난할 순 없었다.

피월려가 당당히 당우림을 마주 보며 말했다.

"나야말로 묻고 싶소. 혹 독안구 어르신께서 꾸미신 일 아닙니까?"

"그게 무슨 망발이오, 낙성혈신마!"

"제가 빙정의 소유권을 주장하자마자 이렇게 우연하게도 가도무가 사라지다니, 누구라도 의심할 수밖에 없을 것입니다."

"말도 안 되는 소리하지 마시오."

"제 입장에선 사천당문에서 천마신교에게 빙정을 내주기 싫어서 가도무의 사체를 숨기려 하는 것처럼 보입니다만."

"이는 우연이오. 사천당문은 결백하오."

"강호에 우연이 없다는 건 우리 둘 다 잘 아는 사실이지 않습니까?"

"……."

당연히 없다.

당우림 스스로는 자기가 하지 않았다는 것을 안다. 그렇다면 남은 답은 피월려. 그가 무슨 짓이든 한 것이다. 그런데 오히려 피월려가 당우림을 몰아붙이는 형국이 되었다.

당우림은 자기 입에서 우연이란 말을 내뱉은 즉시 실수했다는 것을 깨달았다. 갑작스레 사천당문이 의심을 받아 방어하기 위해 내뱉은 말이니 이를 되돌릴 순 없을 터. 당우림은 이미 가도무가 자기의 손에서 벗어났다는 것을 직감적으로 알게 되었다.

당우림은 혹시나 제삼세력의 개입이 있었을까 봐 비독견에게 물었다.

"어찌 된 일이냐? 사체가 된 그가 어찌 사라져? 외부에서 고수가 침입한 것이냐?"

비독견이 고개를 숙이며 대답했다.

"그가 스스로 움직였습니다."

"무, 무슨. 이미 죽은 몸이 빙정으로 인해 얼음덩어리가 되었거늘, 어찌 스스로 움직였단 말이냐?"

"저도 알 수 없습니다. 하나 제 눈으로 똑똑히 본 일입니다."

"그… 그런."

비독견은 피월려를 돌아보며 말했다.

"사달이 일어날 때 밖에 나온 천마신교의 여고수도 이 일을 같이 목격했으니, 그녀에게 들으시면 사천당문에서 꾸민 일이 아니라는 것을 아실 수 있을 겁니다."

"그 일을 원 소저가 직접 보았다는 말이오?"

"예. 그러니 오해가 없으시길 바랍니다."

"그렇다면 오해할 이유가 없지."

피월려와 당우림은 눈을 마주 보았으나, 서로 입을 먼저 열지 않았다. 피월려는 속내를 숨기기 위해서 최대한 태연한 척 연기를 하기 위함이었고, 당우림은 사태의 진실을 알아내기 위해서 피월려의 속내를 읽으려고 전심을 쏟고 있었기 때문이었다.

당우림은 결국 이번 일이 피월려의 수작인지 아니면 제삼세력의 개입인지조차도 확신이 서질 않았다.

당우림이 먼저 입을 열었다.

"그가 스스로 움직일 줄은 꿈에도 알지 못했소. 이미 죽은 몸일 텐데 어떤 조화로 그런 일이 일어나겠소?"

피월려가 대답했다.

"그건 천마신교의 일이 아닙니다. 다만 이건 사천당문의 실책이며, 사천당문은 천마신교에 그 빙정을 돌려줘야 하는 책임에서 절대로 자유로울 수 없다는 점을 알아두었으면 합니다."

당우림은 눈동자를 사방으로 돌리며 깊은 생각에 잠겼다. 그러면서 예를 갖추는 것을 잊지 않았다.

"알겠소. 나는 일단 수습하기 위해 나가봐야겠소."

"그럼 저 또한 곧 떠날 채비를 하겠습니다."

그의 말을 들은 당우림의 눈이 좁쌀만큼이나 작아졌다.

"갑자기 이런 사태에 길을 나서겠다는 말이오?"

"그렇습니다. 빠른 시일 내에 사천 땅에서 떠나라 한 건 독안구 어르신 본인이십니다."

"……."

"그럼, 수고하십시오."

피월려는 당우림과 비독견을 두고 방 안을 나섰다.

그런 그의 뒤를 지긋이 보는 당우림을 향해 비독견이 말했다.

"한시가 급합니다. 간살색마는 벌써 성도를 벗어났을지도……."

당우림이 비독견의 말을 잘랐다.

"아니다."

"예?"

"이미 끝난 일일 것이다. 모두에게 간살색마를 쫓지 말라 전하라."

"저, 정말이십니까? 적어도 어느 세력이 배후에 있는지는 알아내야 하지 않겠습니까?"

당우림은 숨을 깊게 내뱉으며 조용히 읊조렸다.

"저리 돌아가는 걸 보니, 천마신교에서 손을 쓴 것이 분명하다. 그러면 이미 끝난 일! 괜한 데 힘쓸 필요 없지. 피월려… 젊은 놈이 보통은 넘는군."

당우림의 눈에서 강한 안광이 쏟아졌다.

*   *   *

제갈미의 부축을 받아 사천당문에서 내려온 피월려는 성도에 있는 천마신교의 지소로 향했다. 아미파와 청성파가 있는 성도 주변의 지소라 그런지 마공을 익힌 마인은 단 한 명도 없었고, 모두 정보만 다루는 범인들이었다. 뿐만 아니라 자기들이 천마신교를 위해서 일한다는 사실조차 모르는 사람이 구 할이 넘었다.

지소에서 가장 오래 일을 한 노인은 평범한 농사꾼으로, 그는 피월려를 이웃 동네의 빈집에 데려갔다. 지소로 그를 안내하기에는 보안상 문제가 있을 수 있었기 때문이다.

"누추하지만 이곳이 그나마 가장 안전할 것입니다."

피월려는 어지러운 듯 관자놀이를 꽉 짚었다. 음한지겸으로 변한 역화검과 극양혈마공 간의 조화가 생각보다 잘 이뤄지지 않아 용안심공으로 막대한 심력을 사용하고 있었기 때문이다. 그는 힘없는 목소리로 물었다.

"음식이 있소?"

"곧 내올 것입니다."

"고맙소."

"아닙니다. 그런데……."

그 노인은 말하기 껄끄러운지 뜸을 들였고, 피월려는 편하게 말했다.

"말하시오."

"마궁께서 말씀하시길, 낙성혈신마께서 천마에 이르렀다고 하셨습니다만, 이것이 사실입니까?"

피월려는 말을 돌렸다.

"그건 나도 잘 알지 못하오. 천마급 고수와 비무를 해보기 전까지는 스스로도 확답을 내리기 어렵다 보오."

"그렇습니까?"

그때, 주변을 모두 탐색한 원설이 피월려에게 전음을 보냈다.

[수상한 점은 없는 것 같습니다.]

[고맙소.]

곧 그 노인이 밥상을 내왔고, 피월려는 정신없이 배를 채웠다. 삼 일이 넘는 시간 동안 조금도 밥을 먹지 못했으니, 한번 음식이 입에 들어가자 끝이 날 줄 몰랐다. 노인은 두어 번이나 다시 상을 봐와야만 했다.

배가 찬 피월려는 이제 좀 두통이 가시는 걸 느꼈다. 그는 포만감을 느끼며 긴장을 풀었는데, 이때 노인이 물어왔다.

"정보에 의하면 천살지장이 사천당문을 빠져나왔다고 들었습니다만, 혹 이 일의 진위 여부를 아십니까?"

피월려가 대답했다.

"문주와 독대 중에 비독견이 문주에게 그렇게 보고했었소. 그러니 진실이 아니겠소?"

이 일은 천마신교에서 꾸민 일이 아니라 피월려 독단의 계획이다. 피월려가 신물주임을 숨기기 위해서 가도무를 풀어준 것이다. 때문에 그는 천마신교의 마조대에도 진실을 숨겨야만 하는 입장이다.

"가도무가 어디로 도주하였는지는 아십니까?"

"그것까진 알 수 없소."

"흐음, 그런 일이 일어난 직후 문주가 낙성혈신마를 순순히 보내준 것이 마음에 걸립니다만. 사천당문에서 후에 어떤 함정을 파놓은 건 아니겠습니까?"

노인은 사천당문을 의심하는 척 물었지만, 그의 속내는 피월려를 떠보는 것이다.

그는 마궁의 입을 통해서 가도무를 피월려가 죽였다는 사실을 전해 들었다. 뿐만 아니라 피월려가 천마에 이르렀다는 사실까지도. 이는 피월려가 신물주가 될 수도 있다는 뜻이고, 그렇다면 그 사실을 숨기기 위해서 피월려가 가도무의 사체를 일부러 숨기고 가도무가 여전히 살아 있다고 거짓말을 할 수도 있는 것이기 때문이다.

피월려는 이것까지 간파하고는 이 노인이 교주의 사람임을 확신할 수 있었다. 마조대는 기본적으로 교주의 직속으로 한 성도의 마조대의 수장이라면 교주에게 향한 충성심이 매우 단단할 것이기 때문이다.

정보를 다루는 마조대 앞에서 함부로 거짓을 말했다간 즉시 알아챌 것이다. 피월려는 진실로 진실을 숨기는 방법을 사용했다.

"그 보고가 있기 전에, 문주가 먼저 나에게 사천 땅을 떠날 것을 권고했소."

"왜 그랬다 보십니까?"

"그의 말로는 아미파와 청성파의 견제를 받고 있는 지금 상황에 무당파 및 종남파와 척을 진 나를 보호해 줄 수 없다 했소."

"흐음, 역시 이상합니다."

"무엇이 말이오?"

노인은 초점을 흐리며 대답했다.

"혹 아시는지 모르겠지만, 현 수도로 공표된 낙양에서 백도 세력이 모여 무림맹을 만든다는 소식이 있습니다. 때문에 구파일방뿐만 아니라 여러 중소문파에서 고수들을 파견하여 주둔한다는 것이지요. 한 달 전부터 구파일방에서 고수를 차출하여 낙양으로 보냈습니다. 아미파든 청성파든 사천당문을 견제할 여유가 없을 겁니다."

피월려는 무림맹이란 말에 눈이 동그랗게 커졌다.

무림맹은 백도를 걷는 문파들이 한데 모여 큰 중심을 설립할 때 자주 사용하는 이름이었다. 전 중원의 백도문파들이 모두 모이는 만큼 그 설립의 목적은 전 중원에 영향을 미치는 중대한 문제를 해결하고자 하는 경우가 일반적이었다.

가장 큰 예는 오랑캐의 침공이다. 피월려가 이를 물었다.

"무림맹이라니? 설마 오랑캐가 중원에 침공이라도 했소?"

노인이 말했다.

"오랑캐가 아니라, 본 교를 견제하기 위함입니다."

천마신교에 과도기가 찾아와 그 속의 힘이 중원으로 분출될 때면 백도에선 그 거대한 힘을 막기 위해 하나로 뭉치는데,

이때도 항상 무림맹이라는 이름 아래 모이곤 한다. 하지만 천마신교는 매우 외교적인 성음청 교주의 영향으로 지금까지 몇 년 동안 호전적인 면을 보인 적이 없었다.

있었다면 지난 일 년간 낙양지부에서 벌어진 일이라 말할 수 있을 것이다. 그러나 이는 표면적으로 호마궁이라는 이름 아래에서 실행된 것이고, 천마신교의 공식적인 입장은 호마궁과는 아무런 관계도 없다는 것이었다.

피월려가 계속 물었다.

"무슨 계기가 있었소?"

노인이 설명했다.

"그야, 태원이가와의 전쟁입니다. 사실 소림파의 멸문까지는 괜찮았습니다. 그건 어느 정도 협의가 된 사항이었으니까요. 그러나 개봉의 일로 조금씩 어긋나기 시작하더니, 천서휘 대주가 독단적으로 일으킨 태원이가와의 전면전에서는 완전히 외교 관계가 엉망이 되었습니다. 이로 인해 그동안 마조대에서 애써온 외교적 성과가 모두 물거품이 되었고 검선은 새로운 수도가 될 낙양에 무림맹을 창설하는 강수를 두게 된 것입니다."

피월려는 얼굴이 어두워졌다.

"교주님께서 화가 많이 나셨겠군."

"교주님의 상심(上心)은 모릅니다. 다만 본부에 있던 외총부주께서 그 놀라운 언변으로 낙양지부를 표면적으로 끌어 올리자는 제안을 허락받으셨습니다."

"어떻게 말이오?"

"본부의 마인들의 호승심을 자극하셨습니다. 교주님의 유화
정책에 짓눌려 불만이 많았던 마인들이 무림맹 코앞에 지부
를 건설하겠다는 외총부주의 패기에 절대적인 신뢰를 보내었
습니다. 아마 교주님도……"

"외총부주의 의견을 무시할 수 없었겠지."

"생사혈전을 도합 네 번 모두 일 수에 이기셨습니다. 그것도
천마급에 이른 마인들과 말입니다. 아마 신물만 있다면 차기
교주도 노려봄 직할 것입니다."

"……"

그렇게 말하면서 피월려를 보는데, 그 날카로운 눈빛 속에
담긴 의미를 피월려는 알 것 같았다.

네가 신물주라면, 우리에게 붙어라.

박소을은 너를 죽이고 신물을 빼앗아갈 테니……

피월려는 짐짓 눈치채지 못한 척 눈길을 돌렸다.

그러나 노인이 말을 이었다.

"지금 낙양에선 무림맹을 견제할 수 있을 수준의 거대한 지
부가 건설되고 있는 중입니다. 이는 고금을 통틀어 최대 규모
입니다."

"건설되는 도중 무림맹과의 마찰은 없나?"

"이제 낙양은 수도가 아닙니까? 반역의 이름까지 뒤집어쓰기 싫다면 수도의 질서를 따라야 하지요."

수도의 질서.

황군 외의 모든 무력(武力)을 반역의 세력으로 간주한다.

거기선 무림맹도 천마신교도 함부로 검을 휘두를 수 없을 것이다.

다만 그 아래서 오가는 암투는 점점 더 심화될 것이다.

"하… 그래서 외총부주께서 그렇게 노골적으로 나오실 수 있었군. 어서 복귀해야 하겠소."

그 말에 노인이 고개를 끄덕였다.

"그렇지 않아도 며칠 전에 외총부주님의 서찰이 도착하였습니다. 즉시 복귀하시라고 말입니다. 낙양에 일이 많은 것 같습니다."

"당문의 일은 끝났으니 지금 떠나도 상관은 없지만, 몸이 다 회복되지 않았소. 이대로 떠난다면 가는 길에 봉변을 당할 수 있소."

"서찰의 명은 그 말을 전해들은 즉시 사천 땅을 떠나 복귀하라는 것입니다. 공식적인 명령문입니다. 이를 따르지 않는 건……."

"일필살이지."

"죄송하지만 즉시 떠나서야 합니다."

노인의 단호한 말에 피월려는 수틀리는 기분을 느꼈다.

자기가 물어볼 걸 전부 묻고 모든 정보를 캐낸 다음에서야 명령을 전해준 게 누군데 이제 와서 즉시 떠나라마라 명령질이냐.

피월려는 목구멍까지 올라오는 말을 가까스로 참았다.

아무리 강해지더라도 정보의 중요성을 잊지 말아야 한다. 강자가 죽음을 맞이하는 건 거의 정보의 부재 때문이다. 지금 여기서 마조대에게 화를 내서 좋을 것이 없다.

어차피 이 마조대원도 피월려의 질문에 모두 대답해 주었다. 피차일반이다.

천마신교의 정보부대 마조대.

그들은 공짜로 정보를 제공하는 것처럼 보이지만, 그 이상의 것을 분명히 받아낸다.

수틀릴 이유가 없지 않은가? 최고인 그들이니 천마신교의 마조대원이 되었을 터.

피월려는 마음을 풀고 물었다.

"알겠소. 가는 길이 어렵진 않겠소?"

"크게 걱정하지 않으셔도 될 듯합니다. 무림맹 때문에 중원의 모든 이목이 낙양에 쏠려 있습니다."

"그랬으면 좋겠군. 알겠소. 즉시 떠나도록 하지."

"존명. 필요한 걸 준비하겠습니다."

"고맙소."

노인은 방을 나섰다.

*　　　　*　　　　*

노인의 말대로 귀환 길은 매우 순탄했다. 그동안 피월려는 거지가 동냥하듯 제갈미에게 음양합일을 구걸해서 겨우겨우 극양혈마공을 진정시켰지만, 역화검을 한번 맛본 극양혈마공은 서서히 그 광포함이 쌓여가고 있었다.

피월려가 역화검과 조화를 이루던 때의 역화검은 양강지검이었다. 상충하는 두 음기의 마찰로 만들어진 양기에 극양혈마공이 자극을 받아 크게 성장했었다. 그러나 그 가도무에게서 받은 양검은 극한지검이 되었다. 그 속에 담긴 여아의 혼이 사라져, 만드라고라의 음기만이 남아 있었기 때문이다.

이것으로 인한 영향으로 극양혈마공은 극도로 불안정해졌다. 만약 귀환 길에 전투가 일어나 극양혈마공을 사용했어야 할 순간이 왔었다면, 아마 기약이 없었을 것이다. 때문에라도 그는 길을 서둘렀다.

피월려 일행은 근 한 달 정도 만에, 전과 완전히 다른 세상처럼 변해 버린 낙양에 도착할 수 있었다.

성 밖은 수많은 건물이 새롭게 올라가고 있었고, 성안에도 낡은 건물들은 모두 철거되고 있었다. 일반 길과 마로도 새롭게 손을 보고 있었고, 조금이라도 공간이 나오는 곳은 깊게 땅을 파내어 수로를 건설할 듯 보였다. 마치 과거 개봉 수도의 좋은 점을 모두 따서 낙양에 적용하는 것 같았다. 이 모든 사업을 한 번에 수행할 정도라니 얼마나 큰 자금이 지금 움직이고 있는가? 피월려는 상상도 할 수 없었다.

거리에는 수많은 부호와 상인들이 곳곳에서 종이를 펼쳐두고 논쟁을 벌이고 있었다. 대부분 한창 진행 중인 사업에 관한 이야기를 나누고 있었는데, 걷고 걸어도 그 광경이 없어지질 않으니, 천하의 모든 사업가가 낙양에 모인 것 같았다.

정해진 장소에 도착하자 가장 먼저 마중 나온 건 주하였다.

항상 검고 칙칙한 옷만 입던 그녀의 복장이 매우 평범했다. 그래서 피월려는 더 이상한 느낌을 받았다. 누구라도 세 번은 다시 돌아볼 것 같은 차가운 인상의 미녀는 아버지를 따라 새로운 수도에 놀러온 양갓집 규수로밖에 보이질 않았다.

"무사하셨습니까? 안색이 좋아 보이지 않습니다만."

피월려는 그녀를 보며 웃었다.

"극양혈마공에 조금 문제가 있는 것 같소. 그런데 지부의 상황이 매우 달라졌다 들었소."

주하는 제갈미를 흘겨보며 말했다.

"피 대주의 상황도 매우 달라진 듯합니다."

"……."

검과 같은 혀는 여전했다.

말문이 막힌 피월려에게서 고개를 돌리며 주하가 말을 이었다.

"따라 오십시오. 대전에서 모두 일대주님의 귀환을 기다리고 있습니다."

"모두라면 일대원들 말이오?"

"지부에 상주하는 모든 마인입니다."

"외총부주께서 그런 겉치레라니. 새삼스럽군."

"본부에서 올라온 마인이 많습니다. 그들에게 심검마(心劍魔)가 누군지 소개하려는 생각이실 겁니다."

"심검마? 그가 누구요?"

주하가 걸음을 살짝 멈추고 그를 돌아보았다.

"일대주님, 바로 본인이십니다."

"……."

"심검(心劍)은 흑백을 떠나 누구도 오르기 어려운 경지가 아닙니까?"

"어렵긴 하지만, 그렇다고 강한 건 아니오."

"겸손하시군요."

"그거, 최근에 많이 배웠소."

"그 와중 무사하셔서 다행입니다."

"걱정해 주셔서 고맙소."

'피 대주를 걱정하는 건 아닙니다'란 말을 들을 줄 알았던 피월려는 그냥 몸을 돌리는 주하의 뒷모습을 보고 기분이 묘해졌다. 이를 본 제갈미가 피월려의 등을 탁 쳤다.

"뭘 멍하니 서 있어?"

"아니."

"어서 가."

"어."

그는 걸음을 걷기 시작했고, 곧 그들은 천마신교 낙양지부에 도착할 수 있었다.

대천마신교 낙양지부(大天魔神敎 洛陽支部).

낙양에 절대로 걸릴 수 없는 편액이 거대한 문호 위에 당당히 걸려 있었다. 건물은 크게 하나로 되어 있었는데 층수로는 오 층을 가볍게 넘는 것 같고 넓이는 수십 장에 이르렀다. 원래 있던 큰 건물에 새로이 겉치레를 한 것이다.

위상만 놓고 보면 천년만년이라도 갈 것 같지만, 흑도의 입장에서 호랑이 굴과 같은 이 하남성에서 얼마나 버틸 수 있을지는 미지수다.

관과 무림은 상종하지 않는다는 상식과 수도에선 황군 외에 누구도 무력을 행사할 수 없다는 법 아래 이 거대한 건물이 얼마나 오래 갈 것인가?

피월려는 숨을 크게 들이마셨다 깊게 내쉬었다.

"또 다른 시작이군……."

지금까지 걸었던 길이 가시밭길이었다면, 앞으로 있을 길은 용암이 흐르는 황천길이다.

그가 안에 들자 네 명의 시비가 즉각 나와 그를 안내했다. 두근거리는 심장을 용안심공으로 다스리며 대전에 도착했는데, 그 앞에 그를 기다리는 사람이 있었다.

미내로였다.

"선물은 잘 받았다. 흥미롭더구나. 마법도 없이 그런 몸으로 아직도 존재를 유지하다니."

그녀는 손에 피월려의 역화검을 쥐고 있었다. 그걸 피월려에게 건네주며 그녀가 말을 이었다.

"언제 한번 내게 찾아와라. 해야 할 대화가 산더미니."

"곧 찾아뵙겠습니다."

그가 대답하자마자 미내로는 이내 그의 시야에서 사라졌다.

시비에 의해 대전의 문이 열림과 동시에 피월려는 자기도 모르게 역화검을 꽉 쥐었다.

역화검으로부터 막대한 음기가 쏟아지며 피월려의 극양혈마공을 자극했고, 곧 그것은 마기의 증폭으로 이어졌다.

쏴아아아아.

천 명이 넘어가는 마인.

대전은 그들이 뿜어내는 마기로 가득 차 소림파의 십팔나 한이라도 제대로 숨을 쉬기 어려울 정도였다. 그러나 그 한데 뭉친 마기를 모두 밀어내는 극강의 마기가 피월려에서 몸에서 뿜어졌다.

"……."

천마(天魔)!

"……."

천기에 닿는 마기!

외진 지부에서 입교하여 십만대산에 위치한 본부에도 발 한번 들이지 않은 외부 인사가 일 년 만에 천마에 이른 건 천 마신교 역사상 전무후무(前無後無)한 일이다. 피월려가 천마급 고수란 걸 믿지 않았던 상당수의 마인은 지금에야말로 그가 누구도 부정할 수 없는 천마급이란 걸 몸소 느낄 수 있었다.

"어서 들어오시오, 일대주."

목소리는 대전 정중앙에 위치한 보좌(寶座)에서 대전에 울 려 퍼졌다. 나무 재질로 만들어진 그 의자는 전에 대전에서 쓰던 것을 그대로 가져와 몇 가지 장식을 더한 것이었다. 그곳 에 앉은 박소을은 지부장을 넘어 외총부주라는 지고한 위치 에서 피월려를 맞이했다.

피월려는 무릎을 꿇고 말을 하려했다.

"크흠⋯⋯. 그⋯ 맡은바 임무를 모두 수행하였습니다."

신음 소리를 낸 피월려는 안간힘을 써 안의 기운을 억눌렀다. 그가 낸 신음 소리는 역화검의 음기와 방 안의 마기에 극도로 자극을 받은 극양혈마공을 억지로 다스리려다 난 소리였다.

피월려의 극양혈마공은 천음지체이며 극음귀마공을 익힌 진설린이 아니면 완전히 안정시킬 수 없다.

그가 진설린을 품은 지 벌써 세 달이 넘었다. 처음 한 달은 나지오가, 그 이후에는 제갈미가 그에게 음기를 공급하였으나, 역화검으로 자극받은 극양혈마공은 서서히 그 파괴성이 쌓이고 있었고, 때문에 지금은 작은 자극에도 매우 불안정하게 폭주하며 그의 이성을 건드렸다.

피월려는 고개를 숙이며 이를 악물고는 용안심공을 극성으로 펼쳤다.

음기를 찾는 본능일까?

그때 피월려의 눈에 진설린이 들어왔다.

진설린의 아름다운 자태는 여전했다. 다만 다른 것이 있다면, 그녀 옆에 한쪽 팔을 꼭 붙잡고 있는 남자가 있다는 것이었다.

천서휘.

결국 그 유혹에 넘어갔는가.

천서휘는 차마 피월려를 볼 수 없었는지 고개를 돌리고 있었다.

피월려는 허탈한 미소를 얼굴에 그렸다. 그런 그를 진설린은 뚫어지게 보고 있었다. 한 점의 부끄러움도 없이, 그녀는 그녀의 옛 연인을 보았다. 그녀는 지금 피월려의 몸 상태를 모를 리가 없다. 그럼에도 그녀의 눈빛은 냉혹하기 짝이 없었다.

무심(無心) 그 자체다.

피월려는 그녀에게서 눈을 떼고는 이를 악물었다.

박소을이 말했다.

"백도에선 일대주를 심검마로 부르오. 이는 일대주를 폄하하려는 것이 아니라, 오히려 인정하는 의미이니 본 교에서도 그리 부르려 하오. 이에 동의하시오?"

피월려는 포권을 취했다.

"동의합니다."

"그럼 지난 석 달간 수행한 임무 결과에 대해 모든 이 앞에서 보고하시오. 이는 신물과 관련된 일이므로 지부의 모든 인원이 듣는 것이 좋다고 보오."

"존명."

피월려는 그 이후 그가 한 일을 설명했다. 나지오와의 일, 서안에서의 일, 종남파와의 일, 사천당문과의 일. 그리고 가도무와의 일을 전부 자세히 설명했다. 다만 그가 숨긴 부분도 있는데 정충과 나지오가 면담한 사실, 그리고 가도무와의 대화였다.

이 모든 것을 들은 박소을이 물었다.

"애초에 왜 천살지장을 생포하려 하였소?"

"예?"

"그의 생사는 상관없는 부분이었소. 그런데 왜 그를 굳이 생포하려 했소?"

피월려를 추궁하는 박소을의 표정은 진지하기 이를 데 없었다. 피월려는 잠시 할 말을 잃었다.

몰라서 묻는 건가?

신물주임을 숨기기 위해 그를 살려 보낸 것이지.

하지만 이를 그대로 말할 수 없었던 피월려는 적당히 둘러 댔다.

"그는 본 교에 악덕한 죄를 지은 자로서, 가능한 생포하여 그 죗값을 치르게 하는 것이 옳다고 판단했습니다."

"그 정도로 여유로운 판단을 내릴 수 있었으면서, 어째서 본 교에 지원을 요청했소?"

지금 뭐 하자는 건가?

피월려는 박소을의 속내를 알 수 없었다.

"생포를 하겠다는 결정을 내리고 지원을 요청한 것입니다."

박소을은 잠시 말이 없었다.

그는 몸을 앞으로 숙이며 피월려를 뚫어지게 바라보며 물었다.

"솔직히 말하겠소. 지금 이곳의 많은 마인 중에는 일대주가 가도무를 죽이고 신물주가 되었다고 믿는 마인이 많소. 나 또한 그런 의심을 하지 않을 수 없고."

피월려는 순간 들끓어 오르는 분노를 느끼며 가까스로 그것을 참아내었다. 박소을이 왜 그를 추궁하는지 깨달았기 때문이다.

토사구팽(兎死狗烹)!

이대로 추궁하다 적당히 트집을 잡아서 죽이겠다는 건가!

그 단어를 머릿속으로 떠올리자, 가까스로 유지되던 평정심에 작은 균열이 나 극양혈마공의 마기가 그쪽으로 빠져나갔다.

살기와 비슷한 수준의 기운을 쏘아 보내는 피월려를 보며, 마인들은 모두 숨을 죽였다.

피월려는 한 자, 한 자 씹어 내뱉듯 말했다.

"내 알 바 아닙니다."

"뭐라?"

"나를 신물주로 생각하든 말든 내 알 바 아닙니다. 내가 신물주인지 아닌지 확인하고 싶거든 누구든 제게 생사혈전을 신청하여 나를 죽이고 알아내면 될 거 아닙니까?"

살기(殺氣)가 피월려의 전신에서 뿜어졌다.

천마급 마인을 일권만으로 총 네 번 연달아 패배시킨 박소을 장로. 그의 위상은 천마신교에서 교주 다음이었다. 그런 그에겐 현 장로도, 지금 피월려처럼 말하지 못했다.

패기로는 그 누구도 앞서기 힘든 천서휘조차 입을 살포시 벌리고 피월려를 보고 있었다.

젠장, 어쩌다 그런 말이 튀어나왔단 말인가.

이제 극양혈마공의 광포함은 용안심공의 지배를 벗어나려는 수준까지 도달했다. 피월려는 눈을 질근 감고 이를 갈았다.

박소을은 또다시 말이 없었다. 그저 감정을 알 수 없는 눈빛으로 피월려를 지켜보다 크게 광소했다.

"하하하. 크하하. 크하하!"

"……."

"그 말이 맞소. 그러면 되는군. 좋소, 일대주. 임무 보고는 그 정도로 마치시오."

피월려는 크게 심호흡했다. 박소을이 한발 물러나 주지 않았다면, 피월려는 아마 이성을 잃고 검을 출수했을 수도 있다.

토사구팽이 아닌가?

피월려는 자기가 너무 예민했다는 것을 깨달았다. 그리고 그 정도로 극양혈마공이 날뛴다는 것을 깨닫게 되었다. 아무리 역화검을 되찾았다고 갑자기 이리도 날뛰다니…….

피월려는 자기도 모르게 진설린을 보았다.

그리고 그 옆의 천서휘도.

극양혈마공이 또다시 크게 울렁거렸다.

이건가…….

피월려의 얼굴에 쓴웃음이 그려졌다.

너무나 쓰고 써 보는 이로 하여금 가슴이 미어지게 할 정도
였다.

"그럼 다음은 제갈미."

"으응? 저요?"

제갈미는 눈을 동그랗게 떴다. 그런 그녀를 보며 박소을이
한쪽을 향해 손짓했다. 그러자 한쪽에서 시비가 나와 큰 상
자를 앞에 가져왔다.

"낙양지부의 설립을 축하하며 제갈세가에서 선물을 보내왔소."

"무… 무슨."

박소을이 의자에서 내려왔다. 그는 서서히 걸음을 걷더니
곧 상자 앞에 도달하여 그 상자를 직접 열었다.

그곳에는 한 중년 여성과 한 남자의 얼굴이 목이 잘린 채
놓여 있었다.

제갈미는 즉각 소리를 질렀다.

"꺄아아악!"

피월려는 그 상자 안을 보았다.

여인은 모르겠지만 남자는 본 적이 있었다.

"평생 노예로 사나, 평생 첩자로 의심받고 사나 그게 그거요."

그는 그렇게 말했었다.

제갈홍.

제갈미의 친오라버니.

그렇다면 그 옆은 제갈미의 어머니일 것이다.

왜?

피월려의 눈과 박소을의 눈이 마주쳤다.

이제 제갈미는 완전한 마교인이 될 것이다.

그리고 완전한 천마신교의 군사로 거듭날 것이다.

박소을의 눈은 그렇게 말하고 있었다.

박소을.

정말 이렇게까지 해야 하나?

피월려는 무심코 자기 손을 내려다보았다.

그 손에는 멱살이 쥐어져 있었다.

설마.

아니겠지.

피월려는 고개를 올렸다.

그곳에는 박소을이 묘한 시선으로 그를 보고 있었다.

"머… 멱살을……."

"자, 잡았어."

대전은 침묵에 휩싸였다.

숨 막힐 듯한 침묵 속에서 한 여인이 입을 딱하고 벌렸다.

"미… 미친놈."

박소을은 씨익 웃었다.

멱살을 잡았다?

누가?

피월려는 스스로의 행동을 인지할 수 없었다.

용안심공은 피월려의 정신을 가까스로 보호하는 것에서 그쳤다. 피월려에겐 한 달 동안 가까스로 억눌러 왔던 극양혈마공의 폭주를 막을 수단이 없었다.

시야는 붉게 물들었고, 몸은 물 위에 떠 있는 듯했다. 육신을 움직이려 하면 할수록 공중에서 허우적대는 기분만 들었다.

얼굴로 날아오는 주먹, 도저히 피할 수 없는 그 주먹 속에는 가공할 마기가 가득하여 감히 막을 생각조차 하지 못했다.

눈을 감았고, 그와 동시에 금강부동신법을 펼쳤다.

그리고 또 그는 그의 몸을 인식할 수 없었다.

의식의 깊은 밑바닥에서 허우적거리기 일쑤.

또다시 갑자기 용오름과 같은 흐름이 그를 위로 잡아당겨 의식의 수면 위로 올라왔다.

가장 먼저 그를 반긴 건 그의 심장을 향한 주먹.

반쯤 쥔 주먹에는 강한 내력이 있는 것처럼 보였지만 그 안은 텅텅 빈 허초였다.

피월려는 가슴에 내력을 집중하고 오히려 앞으로 뛰쳐나갔다.

퍽!

주먹이 그의 심장을 때렸지만 오히려 그의 가슴이 그 주먹을 밀고 나왔다. 그 정도로 주먹에는 힘이 없었다.

때문에 생긴 여유.

피월려는 역화검으로 앞을 향해 찔렀고, 박소을은 훌쩍 뒤로 뛰어 물러날 수밖에 없었다.

간신히 잡은 기회.

이제 막 몰아치려는데, 누군가 그의 뒷덜미를 잡고 그를 확 잡아당겼다.

아니, 피월려가 그렇게 느낀 것뿐, 그의 육신은 그를 버려두고 앞으로 쏘아져 박소을을 몰아붙였다. 그 광경이 점차 멀어지듯 뿌옇게 변하더니, 곧 눈앞에서 사라졌다.

그렇게 또다시 의식의 바다 속에 갇힌 피월려는 허우적거리기를 멈추고 잠시 고민했다.

그런 건가?

필요할 때마다 써먹고 괜찮다 싶으면 버린다.

극양혈마공에 지배된 피월려의 본능은 도저히 피할 수 없는 상황에만 피월려의 의식을 빌려 용안심공과 함께 금강부동 신법을 펼치는 것이었다.

간사하기 짝이 없는 놈!

그렇게 생각하자마자 피월려는 자조적인 미소를 지었다.

누가 누구한테 욕을 하는가?

본능에 모든 걸 맡겼을 뿐, 그 또한 나 아닌가?

피월려는 마음을 비웠다.

그리고 조용히 기다렸다.

다음번 용오름이 그를 수면 위로 데려갔을 때엔, 몸 곳곳에서 갖가지 통증이 느껴졌다.

두개골엔 금이 갔고,

갈비뼈 두 개는 완전히 동강.

왼쪽 손목은 어긋났고,

오른쪽 허벅지 근육은 마비.

극양혈마공이여.

아주 잘나셨소.

피월려는 고개를 숙이며 박소을의 주먹을 피하면서 왼쪽 무릎으로 그의 허리를 공격했다.

그 순간 박소을은 반응하여 뻗던 주먹을 멈추고 상체를 뒤로 젖혔고, 이에 피월려는 회전력을 그대로 받아 반 바퀴 더 돌며 뒤쪽으로 오른발을 뻗었다.

피할 수 없는 각.

박소을은 양손을 뻗어 빠르게 날아온 피월려의 다리를 붙잡았다. 이 때 강력한 두 마기가 두 육신을 통해 싸움을 벌였고, 이는 곧 내력의 싸움으로 번졌다.

또 누군가 목 뒷덜미를 잡고 잡아당기는 걸 느낀 피월려는 이에 저항하지 않고 그대로 뒤로 물러났다. 이런 것 하나하나에 저항하는 것조차 낭비가 되니, 그냥 극양혈마공의 인도대로 따르는 것이 더 낫기 때문이다.

내력의 싸움이 시작되고, 두 마인은 서로 물러날 생각이 없었다. 전신이 돌처럼 굳은 듯 피월려와 박소을은 온몸에서 마기를 짜내어 다리와 양팔에 보내 힘을 보탰다.

피월려가 이긴다면 박소을이 중심을 잡지 못하고 뒤로 넘어질 것이다.

박소을이 이긴다면 피월려의 다리뼈가 가루가 될 것이다.

피월려의 위험부담이 훨씬 큰 만큼 박소을도 이번 내력 싸움을 피하지 않은 것이다.

하지만 극양혈마공이 어떤 마공인가?

마공 중의 마공.

내력의 양만큼은 그 어떠한 마공에도 뒤지지 않는 마공이다.

게다가 지금은 폭주 상태. 다섯 배를 훌쩍 넘는 내력을 사용할 수 있다.

박소을에게도 만만치 않을 터!

이 상황을 만든 피월려는 뒷짐을 지고 의식의 바다에 몸을 편안히 뉘었다. 곧 수면 위로 올라갈 것을 기대하면서.

극양혈마공의 지배에서 벗어나려면 내력을 모조리 사용하여 극양혈마공이 힘을 쓰지 못하게 해야 한다. 그러나 이기든 지든 한 명이 죽으면 죽었지, 내력의 탈진으로 이 승부가 끝날 가능성은 전무했다. 따라서 유일한 수단은 내력 싸움으로 끌고 가 내력을 완전히 소모해야 하는 것이다.

문제는 내력 싸움은 한쪽에서 피하면 성사되지 않는다는 것이다.

자존심을 자극하는 저급한 방법 따위로 박소을을 내력 싸움에 임하게 할 순 없다. 따라서 그는 큰 마음을 먹고 뼈를 내주는 방법으로 내력 싸움에 돌입한 것이다.

박소을 하나도 벅찬데, 극양혈마공과도 싸우는 이 상황에서 다리 한 짝 내주고 끝난다면 사실 다행이다.

…….

별로 아깝다는 생각이 들지 않는다.

목숨과 비교하면 다리 하나쯤이야…….

아니, 그런 것이 아니다.

다리 한 쪽이 아깝다는 느낌이 안 드는 이유…….

그건 그 다리가 나의 것으로 인식되지 않기 때문이다.

피월려의 사고는 다른 고민으로 이어졌다.

왜 나는 내 몸을 타인의 것처럼 여기고 있는가?

극양혈마공에 지배되어 있다고 해서 내 것이 아닌가?

즉 극양혈마공이 내 것처럼 느껴지지 않는다는 말이다.

왜?

극양혈마공이 타인인가?

아니.

오히려 극양혈마공이야말로 내 생명을 지키고자 안간힘을
쓰고 있지 않은가?

저 앞에서 내력을 태우며 몸을 움직이는 건 극양혈마공의
본능이다.

극양혈마공이야말로 내 생명을 지키지 않는가?

극양혈마공이야말로.

지금 나에 대해서 무심한 건 누군가?

나다.

나야말로 이 편안한 의식의 바다에 몸을 맡기고 누워 내
몸이 어찌 되든 상관하지 않고 있지 않은가?

극양혈마공의 폭주?

왜 극양혈마공이 폭주하겠는가?

양강지검이었던 역화검이 음한지검으로 변해서?

오히려 좋은 거 아닌가?

안 그래도 음기가 부족한 상황에 음한지검이 음기를 공급해 주면 좋은 것이지.

서안에서의 명상으로 용안심공은 제삼안에 이르렀다.

심시(心視)!

이로 인해 오른 심검!

이런 절대적인 용안심공의 지배 아래에서 극양혈마공이 폭주할 리가 없다.

만약 폭주했다면…….

"용안이 견디지 못했을 때뿐."

피월려는 뒤를 돌아보았다.

그 뒤는 공간적인 뒤가 아니다.

이면을 뜻하는 뒤.

그곳에는 또 다른 피월려가 있었다.

투명할 정도의 백색 피부를 가진 피월려.

그리고 새까만 눈.

그 속의 눈동자를 여의주처럼 물고 있는 두 청룡이 끊임없이 꿈틀거렸다.

그 이면의 피월려는 온몸이 만신창이였다.

상처가 없는 곳이 없었다.

그리고 각각의 상처에서 백색 피를 토해내고 있었다.

처참한 몰골.

당장에라도 생명이 끝날 것 같았다.

그 모습을 보고 피월려는 확신할 수 있었다.

극양혈마공이 먼저 폭주한 것이 아니다.

용안이 폭주했다.

그래서 극양혈마공이 폭주한 것이다.

왜?

사실 폭주할 만하다.

광포하기 짝이 없는 극양혈마공을 지금껏 다룬 것도 기적에 가까운 것 아닌가.

거기다 심검까지 사용하면서 용안심공을 남용했다.

더 이상은…….

역화검을 맛보며 더욱 강력해진 극양혈마공을 지배하길 포기한 것이다.

그렇다.

주화입마가 아니다.

이건 심마(心魔)다.

피월려는 다리에서 내력을 뺐다. 피월려가 정신을 차렸다는 걸 알아챈 박소을도 이에 맞춰 양손에서 내력을 서서히 뺐다.

피월려는 왼손에 마기를 가득 담았다.

그리고 그는 자신의 역화검을 들었다.

그리고 왼손으로 역화검을 부숴 버렸다.

파— 앙!

깨진 검의 파편이 사방에 비산하자 마인들은 제각각의 방법으로 파편들로부터 자기를 보호했다.

"허억, 허억, 허억."

피월려는 그 자리에 주저앉아 숨을 몰아쉬었다.

박소을이 그 모습을 보며 나지막하게 말했다.

"심마에서 스스로 깨어나다니……. 심검마란 이름이 참으로 어울리오."

피월려는 앉은 것으로도 모자라 그대로 땅에 엎어져 버렸다.

그에게 가까이 다가간 박소을이 몸을 낮추고 그의 귀에 입을 가져갔다.

그러고는 말했다.

"진정한 천마에 이른 것을 축하하오. 같은 천마급인 내가 보증하니, 의심하실 필요 없소."

몸이 지쳐 죽을 것 같았지만, 도저히 웃지 않을 수 없었다.

"크흑……. 흐하, 쿨컥. 크하, 하하하. 크하핫, 쿨컥. 하하하!"

천마가 되겠다는 집착.

그 집착의 결정체인 역화검.

이를 포기하고 깨부수니 천마라?

천마?

하하하!

크하하!

무(武)여!

이 개 같은 것아!

이 씹어 먹을 것아!

수백 번을 잡아 족쳐도 부족할 것!

이러니 더 강해지지 않을 수 없지.

이러니 너를 사랑하지 않을 수 없지.

내가 굴복할 성싶으냐?

기필코 살아남아 주마.

기필코!

피월려의 눈이 스르르 감겼다.

『천마신교 낙양지부』 15권에 계속…

초대형 24시 만화방

신간 100%, 샤워실, 흡연실, 수면실(침대석), 커플석, 세탁기 완비

■ 광명 광명사거리역점 ■

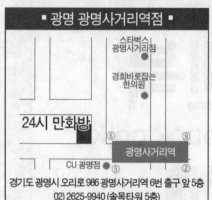

경기도 광명시 오리로 986 광명사거리역 6번 출구 앞 5층
02) 2625-9940 (솔목타워 5층)

■ 강북 노원역점 ■

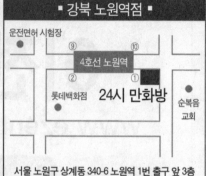

서울 노원구 상계동 340-6 노원역 1번 출구 앞 3층
02) 951-8324 (화용빌딩 3층)

■ 일산 정발산역점 ■

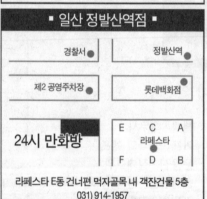

라페스타 E동 건너편 먹자골목 내 객잔건물 5층
031) 914-1957

■ 일산 화정역점 ■

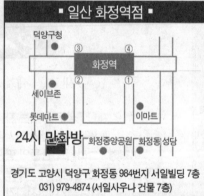

경기도 고양시 덕양구 화정동 984번지 서일빌딩 7층
031) 979-4874 (서일사우나 건물 7층)

■ 부천 역곡역점 ■

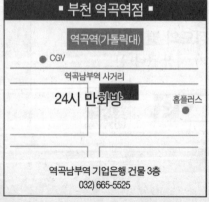

역곡남부역 기업은행 건물 3층
032) 665-5525

■ 부평역점 ■

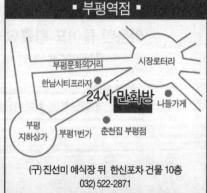

(구) 진선미 예식장 뒤 한신포차 건물 10층
032) 522-2871

FUSION FANTASTIC STORY 류승현 장편소설

리턴 마스터

2041년, 인류는 귀환자에 의해 멸망했다.

최후의 인류 저항군인 문주한.
그는 인류를 구하고 모든 것을 다시 되돌리기 위하여
회귀의 반지를 이용해 20년 전으로 돌아갔다. 하지만……

"어째서 다른 인간의 몸으로 돌아온 거지?"

그가 회귀한 곳은 20년 전의 자신도, 지구도 아니었다!

다른 이의 몸으로 판타지 차원에
떨어져 버린 문주한.
그는 과연 인류를 구원할 수 있을 것인가!

Book Publishing CHUNGEORAM